Glanz im Asphalt

T V Z

Weihnachtsgeschichten
aus der Stadt

PATRICK SCHWARZENBACH (HG.)

Glanz im
Asphalt

T V Z
Theologischer Verlag Zürich

Der Theologische Verlag Zürich wird vom Bundesamt für
Kultur für die Jahre 2021–2024 unterstützt.

Bibliografische Information der Deutschen Nationalbibliothek
Die Deutsche Nationalbibliothek verzeichnet diese Publikation
in der Deutschen Nationalbibliografie; detaillierte bibliografische
Daten sind im Internet über http://dnb.dnb.de abrufbar.

Umschlaggestaltung
Mario Moths, Marl
Unter Verwendung eines Bilds von Tobias Frieman,
www.frieman.ch ©Tobias Frieman

Druck
AZ Druck und Datentechnik, Kempten

ISBN 978-3-290-18557-2 (Print)
ISBN 978-3-290-18558-9 (E-Book: PDF)

INHALT

Glanz im Asphalt

Patrick Schwarzenbach, Offene Kirche St. Jakob Zürich

Seit Tagen sass er nun an der Tramhaltestelle. Die Kerzen neben seinen Füssen umstrahlten auch den Turm aus Blumen, Edelsteinen und Plüschtieren – seinen Altar aus Gefundenem.

Die Flammen flackerten im Wind der anfahrenden Trams. Manchmal musste er die gelbe Maus wieder befestigen, manchmal stiess ein fremder Fuss an die farbigen Steine oder an das Reh aus Stoff.

Immer wieder setzten sich Menschen zu ihm und erzählten ihm etwas oder nickten kurz neben ihm ein. Er schaute sie dann mit beiden Augen an, obwohl sein linkes seit Jahren milchig weiss war. Es kam auch vor, dass er etwas Unverständliches rief oder murmelte. Dann sah man seine Zähne und die weiche Erinnerung an sie. Die angesprochenen Menschen lachten manchmal, als ob sie etwas verstanden hätten, und kehrten dann in ihre Gedanken zurück.

Vielleicht lag es an der Jahreszeit, dass sein Altar an diesem Tag aussah wie ein Weihnachtsbaum – übervoll mit Stoffblumen, Sternen und Schmuck.

Auf dem Boden wärmten sich das Stoffeichhörnchen und das Plüschreh an einer Kerze.

Im Laufe des Nachmittags begann es zu schneien und die Flocken färbten den Boden um das Tramhäuschen zuerst dunkel, bevor das Weiss liegenblieb. Eine Frau gab ihm schnell und verstohlen eine Zehnernote. Er blinzelte ihr zu, kaute etwas Unsichtbares und sie ging langsam weiter.

Beine, Bäuche und Arme kamen ihm aus den Trams entgegen. In feinen Wellenbewegungen schwappten die Menschen auf ihn zu. Die Wogen teilten sich und die Menschen gingen Richtung Volkshaus oder Paradeplatz oder Platzspitz.

Ab und zu geschah es, dass jemand ausstieg, der nicht wusste, ob es wirklich die richtige Station war. Diese Menschen taumelten dann gewöhnlich für eine Millisekunde in absoluter Freiheit, schauten zu ihm und sahen, dass so viel mehr möglich wäre; plötzlich fanden sie wieder Boden und gingen weiter.

Nach Ladenschluss sah er die Hände häufiger um Henkel geschlossen. Die Arme trugen das Weihnachtsgeschäft. Menschen, Pakete, Taschen und Geschenke mischten sich bunt.

Nach vielen vollen Einkaufstüten stieg ein Vater mit seinen Kindern aus dem Tram, hielt kurz inne, wie wenn er sich an etwas erinnern würde, sagte dann einen Satz über den Glanz der kleinen Splitter im Asphalt oder über die Sterne und den Schnee. Die Kinder schauten zu ihm hoch und nickten.

Als es Abend wurde, sassen nur noch Menschen um ihn herum, deren Wohnung sie nicht erwartete. Für viele hatte es in der Herberge keinen Platz. Einige brachten Wein, Rauch und Schnaps.

Mit dem Abend kamen auch Junge und Starke zur Haltestelle – eine Gruppe kam mit Schultern voran in sein offenes Zuhause. Sie hatten den lächerlichen Farbbaum schon von Weitem gesehen und waren schneller geworden, weil die Lust auf etwas Lustiges in ihnen aufstieg.

Er hob den Kopf und lachte sie mit viel Zwischenraum an und drehte sich strahlend zu den Stofftieren und Kerzen. Die Schritte wurden langsamer und die Schultern weich.

Sie blieben und lachten und gingen wieder und nahmen etwas mit.

Als es Nacht wurde, schlief er auf seinem improvisierten Liegestuhl, gehalten von viel Klebband, zugedeckt mit braunen Decken aus Wolle. Er schlief gut und ohne Angst. Nur einmal erwachte er kurz – der Lautsprecher über ihm rauschte. Eine Durchsage zur nächtlichen Stunde. Unerhört. Dann schlief er weiter und erwachte erst wieder mit dem Licht.

Er stand auf, stellte das umgefallene Stoffreh wieder auf die Füsse und rückte damit die Welt um ein Geringes zurecht.

Heiligabend an der Langstrasse

Verena Mühlethaler, Offene Kirche St. Jakob Zürich

Franz packt seine drei Boule-Kugeln ein und geht zum Kanzlei-Areal beim Helvetiaplatz. Wie immer sind ein paar Leute am Spielen. «Hey, du kommst gerade recht, denn Roland geht nach Hause, kannst bei uns einsteigen», ruft José ihm zu. «Komm, wir zwei gegen Pesche und Mustafa.» «Na dann, zieht euch warm an», ruft Pesche ihnen drohend zu. Eine knappe Stunde später haben Franz und José 13 : 11 gewonnen. «Na ja, ist ja Weihnachten – unser Geschenk an euch», witzelt Pesche. Er blickt auf die Uhr: «Shit, ich muss schnellstens nach Hause. Sonst gibt's Ärger mit meiner Frau. Muss auch noch die Geschenke für die Kinder einpacken.» «Schöne Weihnachten!», rufen sie einander noch zu, dann eilen Pesche und Mustafa zur Busstation, wo sie sich gerade noch in den vollen 31er Bus reinquetschen können.

Franz und José setzen sich auf die Bank und trinken ihr zweites oder drittes Bier aus der Dose. Es ist schon dunkel geworden, zum Glück aber noch nicht sehr kalt. «Die Klimaerwärmung hat auch ihre guten Seiten», murmelt Franz. Dann ein tiefer Seufzer. «Heute vermisse ich meine Freundin besonders», bricht es aus ihm hervor. José, der noch nicht lange zum harten Kern der Spielenden gehört, schaut ihn fragend an. «Ich wusste gar nicht, dass du eine Freundin hattest. Was ist denn mit ihr passiert?» «Sie ist an Krebs gestorben – hat gekämpft wie eine Löwin, aber es hat alles nichts genützt.» «Mierda!», entfährt es José. «Du, die hat mich richtig geliebt! Manchmal sagte ich zu ihr: Heute muss ich mich betrinken. Dann hat sie nur zu mir gesagt: Pass aber auf, dass dir nichts passiert! Keine Moralpredigt, nichts. Zehn Jahre waren wir zusammen und jetzt ist sie schon sieben Jahre tot. Heiligabend ist immer am schlimmsten.» «Hast du keine Familie?», fragt ihn José. Franz winkt ab. «Meine Eltern sind schon gestorben und mit meinen zwei Geschwistern habe ich kaum Kontakt mehr. Erbstreitigkeiten.» Nach einer kurzen Stille fragt ihn José: «Willst du zu mir kommen? Es kommen auch noch zwei, drei Kumpels von mir.» «Alles Latinos?», fragt ihn Franz. «Wenn ihr nur Spanisch miteinander sprecht, verstehe ich nichts und sitze dann da nur dumm rum.» «*No,* wir sprechen alle gut Deutsch, *no es un problema*», sagt José. «Cristiano ist ein super Koch und bringt Ceviche mit.» «Was ist denn das?» «Das beste Gericht der Welt! Roher Fisch, superlecker mariniert! Und dazu trinken wir literweise Pisco Sour.» «Hm, das hatte ich kürzlich in der Sportbar. Das schmeckte mir gut. Okay, komme sehr gerne zu dir. Wo wohnst du denn?» «Fünf Minuten von hier, an der Dienerstrasse 7. Kannst ja gleich mit mir mit nach Hause kommen.»

Wenig später betreten sie die Wohnung von José. «Mach's dir schon mal gemütlich, ich bereite uns einen Pisco Sour vor.» Franz sieht sich im Zimmer um. Auf dem Tisch steht ein kleiner Weihnachtsbaum, wahrscheinlich aus Plastik, an dem Lichtlein in bunten Farben blinken. Und ein Engel aus goldenem Papier fliegt unter der Decke und lächelt still vergnügt vor sich hin. Als ob der schon etwas wüsste. Sein Blick fällt auf eine Karte, auf der in bunten Farben steht: *Festín de amor*! «Schön wär's», murmelt Franz vor sich hin. «Hier», weckt ihn José aus seinen schweren Gedanken. «Dein Pisco! Salud!» «Pröschtli», und beide nehmen einen kräftigen Schluck. «Oh, der schmeckt ja wirklich himmlisch», meint Franz ganz entzückt.

Zwei Stunden später sitzen sie alle um den Tisch und geniessen den frischen Fisch mit Reis und etwas Gemüse. Neben Franz sitzt Maria, eine Freundin von José, ihm gegenüber Cristiano und Salvatore.

Nach dem Essen holt José seine Gitarre hervor und beginnt mit leidenschaftlicher Stimme das Lied *Chan, chan* von Buena Vista zu singen. Salvatore holt sich eine Pfanne aus der Küche und klemmt sie sich zwischen seine Knie. Mit zwei Löffeln schlägt er gekonnt einen Rhythmus dazu. «Los, tanzt!», fordert er die drei anderen auf. «Ich kann nicht», brummt Salvatore, der sich gerade einen Joint dreht. Maria steht aber sofort auf und bewegt sich ganz locker und frei zur Musik. Ihr ganzer Körper nimmt den Rhythmus auf, sie scheint schnell alles um sich herum vergessen zu haben.

Als Nächstes spielen sie ein langsames Stück. «*Es una canción d'amor*!», ruft José. Maria geht auf Franz zu und streckt ihm ihre Hand entgegen. Dieser wehrt ab: «Nein, um Gottes willen, ich kann nicht tanzen.» «*Claro*», ruft sie ihm bestimmt entgegen, «jeder kann tanzen.» Zögerlich lässt er sich dann doch von Maria hochziehen und legt vorsichtig seinen Arm um ihre Taille. Langsam bewegen sie sich durch das Zimmer. Seine anfangs noch etwas steifen Bewegungen werden zunehmend geschmeidiger. Ein leises Lächeln lockert sogar seine Lippen. Plötzlich stellt Franz mit Erstaunen fest, dass sein Herz schneller klopft – etwas, das er seit Jahren nicht mehr gespürt hat.

Gegen 1 Uhr morgens verabschiedet sich Maria, sie sei todmüde und müsse schlafen gehen. Sie habe ja auch den ganzen Tag gearbeitet, im Denner an der Kasse. «Meine Beine stürzen fast ein», seufzt Maria. Nachdem sie Franz zum Abschied umarmt hat, schaute sie ihn an und fragt ihn lächelnd: «Wann sehen wir uns wieder?» «Mmm … Morgen?», fragt Franz zögerlich. «Oh, das ist ja schon sehr bald», lacht Maria. «Aber warum nicht? Ich habe ja frei und noch nichts abgemacht. Aber erst muss ich ganz lange ausschlafen.» «Wollen wir ein bisschen spazieren gehen?», fragt Franz sie. «Gute Idee, treffen wir uns doch um drei beim Offenen St. Jakob, die Kirche liegt genau zwischen unseren Wohnungen. Und dann können wir auch noch die tolle Krippe anschauen. Und ich möchte noch eine Kerze für meine Familie in Peru anzünden!»

Als Maria die Türe hinter sich zugemacht hat, summt José leise *Love is in the air* vor sich hin. «Nun ja, ist ja auch Weihnachten», antwortet Salvatore und nimmt noch Mal einen tiefen Zug von seinem Joint. «Können wir noch *Stille Nacht, heilige Nacht* singen, bevor ich auch abhaue?», fragt Franz José. «Das hat immer meine Grossmutter mit mir gesungen.» «*Claro* – aber du musst laut singen, ich kenne die Worte nicht alle, kann nur mitsummen.»

Ein Jahr später sitzen dieselben fünf Leute wieder um einen Tisch. Dieses Mal aber bei Franz. Maria wieder an seiner Seite. Immer wieder suchen ihre Hände einander. «Auf euch!», ruft José fröhlich, als sie wieder mit Pisco Sour anstossen. «Ja, auf euch, Maria und Josef! Jetzt fehlt nur noch das Jesuskindlein», scherzt Cristiano. «Ach, dafür bin ich leider zu alt», sagt Maria. «Jesus ist in uns allen drin», sagt Franz unvermittelt. «Was redest denn du für Zeug? Du hast doch noch gar nicht viel getrunken», ruft José belustigt. «Hat die Pfarrerin heute im Radio gesagt. Gott wäre nicht nur einmal vor 2023 Jahren auf die Welt gekommen, sondern der will auch heute, *in uns* zur Welt kommen. Irgend so ein mittelalterlicher Mystiker hat das wohl behauptet.» «Der hat wohl auch irgendeine schöne Pflanze geraucht, dass er auf diese Idee gekommen ist», meint José mit ironischem Lächeln. Unbeirrt fährt Maria fort: «Und dieser Mystiker – ich glaube Maestro Eckhart hiess er – meinte auch noch, dass in jedem und jeder von uns ein göttlicher Seelenfunke steckt! Mir gefällt das! Seit ich mit Franz zusammen bin, spüre ich fast täglich so eine innere Flamme.» «*La luz divina*!», ruft Salvatore anerkennend aus. «Na gut, von mir aus, trinken wir auf das Fest der Liebe und *la luz divina*», ruft José fröhlich in die Runde. Sie halten alle Gläser in die Mitte und posaunen ein einstimmiges *Salud!* in die Welt! José kramt etwas aus seiner Tasche und überreicht Franz und Maria den goldenen, lächelnden Engel, der vor einem Jahr über dem Tisch bei ihm schwebte. «Schau, der ist für euch. Wahrscheinlich hatte der bei euch seine Finger ... äh Flügel im Spiel!»

Der Mantel

Ralf Schlatter

«ALLES WAS ODEM HAT LOBE DEN HERRN» steht in Grossbuchstaben über dem Eingangsportal an der Kirchenmauer. Beat liest den Satz jedes Mal, wenn er aus dem Küchenfenster schaut. Also aus dem Fenster neben der Küchenzeile, eine eigene Küche hat seine Einzimmerwohnung nicht. Und er kann nicht anders, als den Satz jedes Mal zu lesen. Er kann einen Satz an einer Mauer nicht einfach ansehen. Oder so tun, als sähe er ihn nicht. Und immer noch, auch siebzehn Jahre nach seinem Einzug, versetzt ihm der Satz einen kleinen Stich. Nicht inhaltlich. Nun ja, auch darüber könnte man streiten. Schliesslich haben auch Tiere Atem. Wie Tiere aber dazu kommen sollten, einen Herrn zu loben, der den Menschen eingerichtert hat, die Erde ihnen Untertan zu machen und die eine Tierart nach der anderen von der Erde verschwinden lassen ... Nun ja. Auch Pflanzen atmen. Als sie die Kirche vor einigen Jahren renoviert haben, fällten sie einen wunderschönen Magnolienbaum. Ob der den Herrn gelobt hat, bevor er den letzten

Atemzug tat? Nein, es ist nicht der Inhalt, der Beat den Stich versetzt. Es ist die Interpunktion. Es sind die Kommafehler. ALLES Komma WAS ODEM HAT Komma LOBE DEN HERRN Punkt. Ist das denn so schwierig? Herrgott nochmal. Beat liest den Satz, dann sticht es ihn – und dann setzt er sein Lächeln auf. Das Lächeln, das er sich zugelegt hat über die Jahre, Jahrzehnte. Oder vielleicht hat das Lächeln auch ihn gefunden, wer weiss. Sie passen gut zueinander, Beat und sein Lächeln. Er trägt es wie einen Mantel, einen alten dicken Mantel aus dem Brockenhaus, noch tadellos in Form, einer von der zeitlosen Sorte, fester Stoff, starke Nähte, schönes Futter, innen auf Brusthöhe das gestickte Signet einer längst eingegangenen Kleidermarke. Ein solcher Mantel ist sein Lächeln. Der Mantel schützt ihn. Vor der Welt, vor den anderen Menschen, vor der falschen Interpunktion an der Kirchenmauer. Aber das Lächeln hat sich verändert über die Jahre. Der Mantel hat sich verändert. So wie sich alle Kleider irgendwann verändern. Ein kleiner Riss im Futter, links, unter der Achsel. Die abgewetzte Stelle am rechten Ellbogen. Der Knopf, der nur noch an einem dünnen Faden hängt. Sein Lächeln ist früher souverän gewesen, wissend, aber gütig. Jetzt ist es wissend, aber bitter. Wenn einer die Kommaregeln kennt, dann er. Schliesslich hat er Germanistik studiert. Aber ihn fragt ja niemand.

Einmal hat er sich nach dem morgendlichen Blick aus dem Küchenfenster, nach dem Stich – lächelnd und wissend, gütig, aber schon mit einem Hang zur Bitterkeit – hingesetzt und einen Brief an die zuständige Kirchenkreisverwaltung aufgesetzt. Hat von den geltenden Kommaregeln geschrieben und dem Recht des Menschen auf korrekte Rechtschreibung im öffentlichen Raum. Dazu einige kurze Anmerkungen zum Inhalt. Auf dem Weg zum Briefkasten hat er den Brief zerrissen und weggeworfen. Man würde ja ohnehin nicht auf ihn hören, man würde ihn für einen dieser Spinner halten. Schreiben kann er, keine Frage. Sein ganzes Studentenleben lang und noch Jahre später hat er an einem Roman geschrieben. Arbeitstitel «Fallhöhe». Über eine Kommilitonin hatte er sogar einen Verleger kennengelernt und ihm die ersten Seiten des Romans geschickt. Einige Wochen später trafen sie sich bei einer Lesung, der Verleger erkannte Beat sogar wieder und klopfte ihm väterlich auf die Schulter und sagte, ohne die Pfeife aus dem Mund zu nehmen: «Doch, doch, schreiben Sie weiter, junger Mann!» Dann wurde er von jemand anderem angesprochen und wandte sich ab. Jahre lebte Beat von diesem Satz, sah den Verleger auch einige Male wieder, der erkundigte sich nach dem Roman, Beat lächelte souverän und sagte, er arbeite dran, der Verleger nickte und sog an seiner Pfeife, die Jahre gingen dahin, und irgendwann dann starb der Verleger, das Manuskript aber wuchs weiter, gemeinsam mit Beats Zweifeln. Der Graben zwischen dem Text und nur schon der Möglichkeit einer Publikation wurde immer grösser, wie ein Boot, das von einer unsichtbaren Strömung vom Ufer weggetrieben wird. Das Manuskript war schon lange nicht mehr dazu da, in einen Hafen einzulaufen und zu einem Buch zu werden, es war ein Boot auf dem offenen Meer, es bewahrte ihn vor dem Ertrinken, es erhielt ihn am Leben. Aber davon kann man selbstredend nicht leben. Also nahm er eine Stelle an als Korrektor bei der Lokalzeitung. Jeden Abend war er gezwungen, jeden Satz dieser Zeitung zu lesen. Jeden noch so platten, stilistisch erbärmlichen Satz. Und durfte nur Kommas korrigieren und Tipp- und Trennfehler. Es war die Zeit, als sein Lächeln anfing, bitter zu werden. Und als ihn dann ein Rechtschreibprogramm auf die Strasse setzte, begann er zu trinken. Das heisst, er hatte immer schon getrunken, er fand, das gehöre dazu, zum Leben als Schriftsteller: die Flasche Rotwein neben der Schreibmaschine. Ihm gefiel dieses Bild, aber die Flasche blieb, als er schon lange aufgehört hatte, an seinem Manuskript zu arbeiten, und in den Flaschen stieg der Alkoholgehalt, und eines Abends stolperte er betrunken über einen Randstein und brach sich die Hüfte. Es gab Komplikationen und am Ende chronische Schmerzen, eine schäbig kleine Invalidenrente, eine Einzimmerwohnung und wie eine stumme Verhöhnung die Kommafehler an der Kirchenmauer. Beat sah in alldem keinen Grund, mit dem Trinken aufzuhören, ganz im Gegenteil.

Abends geht er oft mit seiner Flasche die paar Meter von der Wohnung an der Kirche vorüber zur Tramendhaltestelle, setzt sich dort unters Dach auf die Bank und schaut den Menschen beim Kommen und Gehen zu. Auch heute. Heute ist Weihnachtsabend. Beat sieht schon von Weitem das einsame Paket auf der Bank. Eine grosse, quadratisch-würfelförmige Schachtel, in einem Plastiksack. Beat setzt sich daneben, schaut um sich, ob jemand in der Nähe ist, dem das Paket vielleicht gehört, aber es ist niemand zu sehen. Behutsam legt er eine Hand darauf, als wolle er es beschützen, bewachen. Er schaut erwartungsvoll alle Leute an, die ein- und aussteigen, denn jemand muss das Paket doch vermissen und suchen. Doch niemand kommt. Die Schachtel ist in Geschenkpapier gewickelt, ein buntes Gewimmel von verschieden grossen Eisbären mit farbigen Schals um den Hals vor braunem Hintergrund. Alles, was Odem hat, lobe den Herrn, denkt Beat. Gerade die Eisbären. Als könnten die was dafür. Er lächelt, bitter. Eigentlich, das ist ihm klar, müsste er das Paket ins Fundbüro bringen. Doch irgendetwas in ihm weigert sich, das zu tun. Vielleicht hofft er auf die Begegnung mit dem Menschen, der es da vergessen hat. Auf den strahlenden Blick, die Dankbarkeit, einen Finderlohn, den er dann grosszügig abwinkend ausschlägt. Vielleicht hofft er auch darauf, dass niemand kommt und er dann ganz für sich die Regel aufstellt, dass er jetzt lang genug gewartet habe und das Paket also rechtmässig an ihn übergehe. Darüber muss er eingenickt sein, denn plötzlich tippt ihm jemand auf die Schulter. Er fährt erschrocken hoch, eine Hand noch immer auf der Schachtel. Ein Engel, so kommt es ihm vor, steht vor ihm, eine Frau mit dichten, graublonden Haaren. Ob es ihm gut gehe, fragt sie. Beat nickt, doch doch, und denkt, es sei die Frau, der das Paket gehört, doch sie sagt nur «Frohe Weihnachten» und ob er denn schon wisse, was da drin sei, ein solch grosses Geschenk, da könne er sich aber freuen. Beat nickt noch einmal, die Frau sagt «Auf Wiedersehen» und geht. Die Kirche schlägt halb elf. Beat findet, er habe jetzt lang genug gewartet und ausserdem: die Frau hat ihm ja soeben bestätigt, dass das Paket ihm gehöre. Er nimmt den letzten Schluck aus der Flasche, nimmt den Sack in die Hand und geht nach Hause. Dort stellt er das Paket auf den Tisch und sitzt lange und regungslos davor. Und dann beginnt er sich auszumalen, wer ihm ein solches Paket hätte schicken können. Er denkt an seinen Vater, der, als Beat acht Jahre alt war, besoffen im Feuerwehrteich ertrank. Er denkt an seine Mutter, die ihn allein grosszog, ihm mit Fliessbandarbeit in der Konservenfabrik das Studium finanzierte und eine Woche, nachdem er zuhause ausgezogen war, an einem Schlaganfall starb. Er denkt an Susanne, seine einzige, dafür umso grössere Liebe, die ihn damals, notabene kurz vor Weihnachten, für einen Architekten verliess, der – in ihren Worten – weniger zweifelte, seiner selbst sicherer war, der – in Beats Worten – mehr verdiente und die breiteren Schultern hatte. Er denkt an Holger, den guten Freund aus Studientagen, der mit ihm nächtelang rauchte, nachdachte, zweifelte und trank, und der sich damals, notabene kurz nach Weihnachten, vom höchsten Kirchturm der Stadt stürzte. Alles, was Odem hat, lobe den Herrn. Und jetzt, endlich, kommen Beat die Tränen. Stockend zuerst, von tief unten, ein stechendes Zucken im Zwerchfell, dann beginnt es ihn zu schütteln, und es bricht aus ihm heraus. Ohnmächtig, aber im selben Augenblick dankbar, lässt er es geschehen. So wie man sich lange gegen das Erbrechen wehrt, aber sobald es da ist, ist man froh, dass es endlich hochkommt. Und Beat heult, rotzt, stöhnt, immer von Neuem überschwemmt es ihn von unten her, und die Kirchenglocke schlägt zwölf, als er endlich zur Ruhe kommt, kleine Schluchzer nur noch, wie kleine Wellen, die den Sturm verpasst haben. Er putzt sich noch einmal die Nase, fühlt sich plötzlich ganz klar und nüchtern, holt die Küchenschere, vermeidet den Blick aus dem Fenster, geht zurück zum Tisch, schneidet sorgfältig das Geschenkpapier auf, nimmt es ab, faltet es zusammen, legt es auf die Seite und öffnet die Kartonschachtel. In weisses Seidenpapier gehüllt: Ein Mantel. Ein guter Mantel. Einer von der teuren Sorte. Edler Stoff. Gute Nähte, feines Futter. Beat steht auf und zieht ihn in feierlicher Langsamkeit an. Dann holt er, zuhinterst aus dem Kleiderschrank, seine alte Schreibmaschine hervor und spannt ein weisses Blatt ein. Auf seinem Gesicht macht sich ein Lächeln breit.

Ein Weihnachtsfragebogen

Patrick Schwarzenbach, Offene Kirche St. Jakob Zürich

Stille Nacht oder *O du fröhliche?*

Panettone oder Christstollen oder zur Hölle mit allem Kandierten?

Gott wird Mensch oder wird Mensch menschlich?

Müsste Josef eifersüchtiger sein?

Warum gibt es keine Weihnachtslieder zum Logos?

Welche Weihnachtserinnerung setzt bei Ihnen am meisten Nostalgie frei?

Was ist schlimmer: Elektrische Kerzen oder Kaminfeuer auf dem Bildschirm?

Was ist für Sie das vollkommene Weihnachtsglück?

Welcher Ihrer Charakterzüge wird durch Weihnachten verstärkt?

Ab welchem Verwandtschaftsgrad muss man sich nichts mehr schenken?

Wo geschieht Weihnachten für Sie? In der Stube? In der Kirche? Im Herzchakra?

Darf man selbstgeschriebene Gutscheine verschenken?

Darf man überhaupt Gutscheine verschenken?

Woraus frassen nun die Tiere im Stall?

Heiligabend oder Weihnachtsmorgen?

Wurden die Engel zuerst von den Hirten oder von den Schafen entdeckt?

Auf welche Tiere könnten Sie in der Weihnachtsgeschichte verzichten?

Würden Sie noch immer mit Engeln Ihren Christbaum schmücken, wenn diese wie im Alten Testament sechs feurige Flügel und einen Schlangenkopf hätten?

Glauben Sie daran, dass ein immergrüner Baum in Ihrer Stube Ihnen Gesundheit und Lebenskraft verleiht?

Schenken Sie gern oder werden Sie lieber beschenkt?

War es kalt im Stall?

Was wünschen Sie sich seit Jahren?

Wie stehen Christkind und Jesuskind zueinander?

Wo suchen Sie nach Erlösung?

Glühwein oder Rumpunsch?

Wirkt Weihnachten seit 2000 Jahren oder geschieht es jährlich neu?

Wie duftet Weihnachten?

Welcher Weihnachtsbrauch fehlt bis jetzt und müsste dringend erfunden werden?

Welches Weihnachtsgebäck ist theologisch relevanter: Der Zimtstern oder der Lebkuchen oder das Totenbeinli?

Welche Berufsgruppe würde heute anstelle der Hirten zum Stall eilen?

Wie viel Fest der Liebe darf in einer Bürofeier enthalten sein?

Wie lange darf ein Weihnachtsbaum stehen bleiben?

Träumen Sie in den Raunächten?

Ab wann freuen Sie sich auf die nächste Weihnacht?

Weihnachtsgeist

Hildegard E. Keller

In der Wohnzimmerbar stand hinter fünf Whiskys, zwei Calvados, einem Grappa und anderen
Wässerchen noch eine Flasche. Sie muss schon lange dort gestanden haben. Die Kinder wussten nicht
mehr wie lange, und wir Eltern glaubten uns zu erinnern, dass sie ein Geschenk von einer der beiden
Schwiegermütter war. Diese Erinnerung war nun
aber so vage, dass die Flasche je nach Stimmung
mal der einen, mal der anderen Seite unserer Familien zugeschrieben wurde. Aber eigentlich war
es unwichtig, ob Mutter- oder Vaterseite. Was zählte, war die Tatsache, dass überhaupt jemand die
Flasche in die Bar gestellt hatte. Und da stand sie
nun, mitten in unserem Leben.

Auf der Etikette konnte man in ausgebleichten
Jugendstillettern «Weihnachtsgeist» lesen, darunter
war ein Medaillon mit Goldrand. Ein amerikanisch
anmutender Santa Claus fuhr auf seinem Rentierschlitten, links und rechts ragten schemenhaft
Altstadtsilhouetten in den Papierhimmel. Die Flasche stammte unverkennbar von einem der Weih-

nachtsmärkte zwischen Bremgarten und Rostock, zwischen Nürnberg und Barcelona. Allein schon das Design liess eine schaurige Mixtur aus Kräuterschnaps und Zuckersirup erahnen. Vielleicht war das der Grund, warum die Flasche noch immer hinter dem Turicum-Gin stand, fest versiegelt und in der inzwischen brüchigen Originalfolie mit roter Schleife verpackt. Oder war es die Erinnerung an die verstorbenen Mütter, die mit all ihrer Bescherungshoffnung frühmorgens vor dem Pfarreiheim abgeholt und spätabends wieder ausgeladen worden waren? Wir stellten uns die Herrgottsfrühe vor, in der sie zum jährlichen Ausflug auf den Weihnachtsmarkt aufgebrochen waren, um zwischen Dinkelspreukissen, Holzschuhen aus Holland und Kräuterspeck aus dem Schwarzwald herumzuschlendern. Wie sie Rostbratwürstchen, Schlemmerdampfnudeln (die Originalen!) mit Vanillesauce und mehr als nur ein Tässchen Glühwein gekostet und dann verzweifelt Toiletten gesucht hatten. Wie selig sie mitgesungen hatten, als der weihnächtlich herausgeputzte Kinderchor Lied um Lied über den Markt rieseln liess und ein Bärtiger, den sie aus ihren Kindheitstagen wiederzuerkennen glaubten, die Hammondorgel zum Dröhnen brachte. Ja, vielleicht stand die Flasche seit so einem Ausflug in der Wohnzimmerbar und schaute uns ungeöffnet an. Wie eine Verpflichtung, doch zu was eigentlich?

An einem 24. Dezember beschloss einer von uns, die Flasche zu entkorken, vielleicht aus Sentimentalität, vielleicht aus Ordnungssinn. Im Hintergrund lief der Fernseher. Zu hören war der Soundtrack eines dieser Weihnachtsklassiker, die einer von uns so liebt, ob beim Haushalten oder an Heiligabend. Der Staubsauger war abgestellt, die gute Stube hergerichtet, die Wohnzimmerbar stand offen, die Hand hatte den «Weihnachtsgeist» hervorgeholt und auf den Tisch gestellt. Schnell war die Flasche aus dem Zellophan geschält. Der Siegellack liess sich mit einem Küchenmesser abschaben. Der Korken war morsch und zerbrach beim Herausziehen. Kaum war er weg, erfüllte den Raum ein Rauschen, das man der Flasche nie zugetraut hätte. Aus ihrem Hals schäumte es so wild und masslos, dass wir den braunen Saft mit Schüsseln aufzufangen suchten, damit nicht alles auf den Perser tropfte. Wir führten die Finger zum Mund, um davon zu probieren, und rätselten, ob es Noten von Appenzeller, Rosenwasser oder Nusslikör sein könnten. Da hörten wir eine Stimme, erst fast unhörbar, dann aber schwoll sie mächtig an und spie uns Wörter ins Gesicht. Wer sprach da? Keine unserer Mütter, da waren wir uns sicher, doch wer sonst? Hatte uns eine von ihnen eins der berüchtigten Tannenteufelchen in die Flasche gebannt? Und falls ja, warum? Aus der

Flasche brauste es ungehemmt weiter. Wir strengten uns an, die Worte zu erhaschen.

«... ab, endlich, ha! Tausend Jahre und nochmals tausend! Fertig aus, jetzt ist Schluss mit warten, ich will was erleben ...»

Im Nachmittagsprogramm vor Heiligabend lief wie fast immer *Der Dieb von Bagdad* von Alexander Korda mit seiner legendären Musik. Sie passte perfekt zum Technicolor mitten in unserer Stube.

«Während der ersten tausend Jahre, die ich in der Flasche zubrachte, schwor ich mir, denjenigen, der mich befreien würde, reich zu machen. Aber dann entschied ich mich anders ... Lohn ist Lohn ...»

Wir zuckten zusammen. So was hatten wir kurz vor Heiligabend noch nie erlebt, nicht mal als Kinder. Als wäre es gestern gewesen, erinnerten wir uns an die Stunden, die wir vor Heiligabend im Kinderzimmer warten mussten. Spielen lag nicht drin, die Spannung war gross, von Jahr zu Jahr wurde die Vorfreude auf all das, was unter den lamettabehangenen Ästen auf uns wartete, unerträglicher. Ein Kind erfährt früh, dass seine Familie an Weihnachten hart auf die Probe gestellt werden kann. Einem jeden lauert etwas auf, was sich im

Herzen festgesetzt hat, und bricht durch, sobald die Kerzen flackern. Bei uns war es jetzt allerdings nicht Kerzenqualm, auch nicht die Krummheit der Tanne oder Küchengeruch, was die Luft dick machte. Als wir es zu fassen suchten, hörten wir wieder ein Grollen aus tiefem Schlund, gerade so, als rolle eine Kohlehalde oder ein Tsunami auf uns zu.

«... während der zweiten tausend Jahre beschloss ich, meinen Befreier wählen zu lassen, auf welche Art ich ihn bestrafe ... zu lang ist zu lang ...»

Es war die bare Enttäuschung, weil wir oder auch sonst ein Familienmitglied schon wieder nicht erhalten hatten, was man sich insgeheim gewünscht hatte. Weil das Christkind abgeschwirrt war, ohne auf die Kleine zu warten, die als Einzige noch an es glaubte und nun den ganzen Abend weinte. Weil der Braten nicht mal an Heiligabend knusprig aus dem Ofen kam. Weil der Bruder, der sein Cello ganz passabel spielte, sich wieder zum Esel machte. Was lange vor sich hin gärt, wird selten gut – und macht sich just an Heiligabend gern Luft.

Um Schlimmeres zu vermeiden, riss der eine von uns das Staubsaugerkabel aus der Steckdose. Und der andere klaubte die Überreste des Korkens zusammen und prüfte, ob man damit die Flasche wieder verschliessen konnte, und jemand begann insgeheim, unsere Mütter zu befragen: Was war in unsere Flasche «Weihnachtsgeist» gebannt worden? Ein Familiengeheimnis aus Verletzung und verhindertem Ausbrechen? Oder war es die korrosive Kraft der Enttäuschung oder doch eher ein Schwall von ungelenker Mutterliebe, die uns mit ihren bescheidenen Mitteln etwas ganz Besonderes zukommen lassen wollte? Auf alle Fälle etwas, was lange unter Kontrolle und Verschluss bleiben sollte. Muss es nun wirklich freigesetzt werden? Wie auch immer wir uns entscheiden, Flaschen aus unserem Familienerbe zu entkorken, wann und welche und ob überhaupt, wir bekommen jedes Jahr eine neue Chance, den Weihnachtsgeist entschlossener zu befreien, mit Sanftmut zu zähmen und liebevoller zu befrieden. Von Jahr zu Jahr können wir es besser. Der Dschinn im Hintergrund ruft es nicht nur dem Dieb von Bagdad zu, sondern uns allen:

«Ach, was seid ihr Menschen seltsam! Wenn euer Magen spricht, vergesst ihr den Kopf. Wenn euer Kopf spricht, vergesst ihr das Herz, und wenn euer Herz spricht, vergesst ihr alles. Wollt ihr es nicht auch mit düsteren Erinnerungen so halten?»

Wie Quallen durch den Tag

Patrick Schwarzenbach, Offene Kirche St. Jakob Zürich

Der Abend war für ihn nicht wie jeder andere und doch glich er seinen Vorgängern sehr. Auch er begann mit einem Blick aus dem Fenster und mit der verstohlenen Suche nach dem dritten Fenster von links, nach dem Mann im dritten Stock, der seit Wochen Abend für Abend mit einem Stern aus Papier unter dem Arm vom Hauseingang das Treppenhaus hoch bis in die Wohnung huschte. Immer wieder sichtbar, wenn er an einem der Fenster vorbeikam, immer wieder versteckt, wenn er über Treppen und durch Gänge ging. Am Anfang war es ihm gar nicht aufgefallen, die ersten Sterne musste der Mann noch am Nachmittag in die Wohnung gebracht haben, irgendwann aber, es musste der fünfte oder sechste Dezember gewesen sein, waren ihre Tagesabläufe plötzlich aufeinander abgestimmt. Das Heimkommen des einen und der Blick des anderen aus dem Fenster hatten sich angeglichen. Und so sah er seit mehr als zwei Wochen den Mann im Anzug jeden Abend durch die Tür des Hauses auf der anderen Strassenseite hineingehen –

mit schnellen Bewegungen und Papiersternen unter dem Arm.

Woher sie kamen, ob sie gestohlen waren und wozu er sie brauchte, blieb den ganzen Dezember ein Geheimnis.

Einzig, dass der Mann sie alle in ein und dasselbe Zimmer trug, dass er sie dort im ganzen Raum verteilte und dass er auch heute Abend mit ihnen beschäftigt war, das sah er und wunderte sich.

Nichtsdestotrotz zog er auch an diesem Abend, nach einem letzten Blick aus dem Fenster, seine etwas zu dünne, dafür leicht zu grosse Jacke an, streifte sich die schwarze Mütze über und setzte den Kopfhörer auf.

Die Stimme von Sven Regener brachten ihn von zu Hause bis zur Bar.

Von der Treppe bis zu seinem Stammplatz blieb genug Zeit, um den Kopfhörer abzulegen und das Besondere dieses Abends zu bemerken: weniger Menschen, mehr Lametta. Das zweite Bier und das Kerzenlicht an den hellbraunen Holzwänden taten dann noch das Übrige und liessen ihn ganz in die Atmosphäre eintauchen. Mit Weihnachten hielt er es wie mit dem adventlichen Gebäck: Er mochte die knusprigen Ränder – mit dem süssen, weichen Kern konnte er nicht viel anfangen.

Ihn interessierten zum Beispiel die Gesprächsthemen, die Josef und Maria auf ihrem langen Weg nach Betlehem gestreift haben mochten: die Eifersucht von Josef, das unglaubliche Durcheinander auf den Strassen, die momentane politische Lage, die Situation auf dem Arbeitsmarkt der Schreiner und Bauleute.

Was hatte Maria wohl auf dem Herzen? Sprach sie mit ihm über den Besuch bei ihren Verwandten und dass diese immer etwas Besonderes sein wollten. Die eine hatte sogar behauptet, dass ihr Ungeborenes beim letzten Besuch von Maria voller Freude im Bauch gehüpft sei. Gehüpft! Es war immer dasselbe in dieser Familie. Wahrscheinlich wird das Kleine dann auch dasselbe werden wollen wie unser Kleiner. Kopflos! Aber abwarten! Dieses Kind wird unserem nicht mal die Sandalen binden können. Wir kochen nämlich nicht nur mit Wasser.

Oder sprachen sie vor allem über diesen Kometen, der auf seltsame Weise, obwohl er weit im Himmel zu Hause war, doch irgendwie über Betlehem ausruhte. Wie ermöglichte etwas so weit Entferntes eine so exakte Orientierung?

Im Schaum seines Biers glitzerten die weihnachtlichen Lichter. Er mochte diesen Abend und noch lieber hatte er die Tage zwischen Weihnachten und Neujahr, in denen die Menschen wie Quallen durch die Zeit trieben.

Er fragte sich, was Josef und Maria auf dieser Reise alles mit sich führten und was sie assen.

Kochte Josef, wie es die alten Maler darstellten, wirklich in einem mitgebrachten Pfännchen und auf kleiner Flamme für Maria und sich?

Und dann angekommen in Betlehem, an diesem Ort ohne Bleibe und ohne Brot, gab es da wirklich keine Zimmer? Gab es nicht wenigstens Höhlen oder dichte Bäume oder einen Dornenwald, wo man sich während der Nacht hätte verstecken können? Die Nacht konnte ja nicht zu kalt sein – zwölf Grad im Winter.

Aber nicht nur Josef und Maria – nein auch die anderen Personen dieser Geschichte interessierten ihn.

Die Hirten hielt er für die irrsinnigsten aller Protagonisten – abgesehen vielleicht von den magischen Morgenländern, die mit unglaublicher Präzision dem Licht eines Sterns über Tausende von Kilometern in ein kleines Dorf in Israel folgten, nur um dann den Königshof mit einem Stall zu verwechseln und damit die ganze Exkursion zu gefährden. Während er sich Caspar, Melchior und Balthasar als gesetzte Herren vorstellte, die gemessenen Schrittes auf die Mutter mit dem Kind zugingen, sah er die Hirtinnen und Hirten immer als rennenden Pulk vor sich. Da kam diese wirre, irre Gruppe nach einer wilden Lichterscheinung über die Felder gerannt, flötend und singend und mit Hörnern unter dem Arm, und strömte in den

Stall und redete wie von Sinnen auf Maria ein. Über Stunden versuchten die Hirten, in seiner Vorstellung, die arme Mutter davon zu überzeugen, dass die Lichter des Himmels ihnen von der wichtigen Aufgabe ihres Sohnes erzählt hatten. Doch nicht genug, nach diesem ersten Ausbruch gingen sie durch das verschlafene Dorf und machten auch noch den Rest der Bewohner kirre, indem sie ihnen vom Wohlgefallen des Himmels vorschwärmten.

Maria musste diese Begegnung sicher zuerst setzen lassen. Sie versuchte alles zu behalten, was die wilde Gruppe vom offenen Himmel und einem neuen Frieden erzählt hatte. Für den Kopf war es wohl zu viel, im Herzen konnte sie mehr Platz dafür finden.

Während sich das Bier leerte, wuchsen die Assoziationen: Hirten und Schafe, die Futterkrippe und das Neugeborene.

Machte sich nicht das göttliche Wesen schon in dieser ersten Episode auf Kosten der Tiere breit? Ja, war der Gottmensch nicht in die Krippe gelegt worden? Genau dahin, wo das Futter der Tiere war. War dieser kleine Knabe, der sich im Futter des Viehs breitmachte, ein Vorbote des kommenden Wegdrückens aller Vierbeiner durch das Tier mit zwei Beinen?

Und wie wäre es gewesen, wenn sich Gott nicht in einem Menschen, sondern in einem Tier gezeigt hätte? Klar, die ganze Sündenfrage würde immens komplizierter. Es brauchen ja die Bienen und Büffel keine Entsühnung. Viel falsch gemacht hatten sie ja nicht. Aber was war mit der Schlange? Hatte nicht sie das ganze Unheil angezettelt? Hätte sie den Menschen nicht zum Apfelschmaus verführt, dann wäre der Rausschmiss aus dem Paradies nie geschehen. Und, und das war kein unwesentliches Detail, die Schlange hätte auch ihre Arme und Beine behalten können.

Wie sie wohl ausgesehen hatte, bevor sie dazu verdammt war, auf dem Bauch zu kriechen und Staub zu fressen? Entweder war sie zuvor fliegend unterwegs oder sie hatte lange stolze Beine, die sie vom Staub fernhielten.

Ein anderes, schöneres Tier musste sie gewesen sein. Könnte sie wieder ein solches werden, wenn Gott nicht im Menschen, sondern im Tier auf die Welt gekommen wäre? Wenn Gott aus dem obersten Himmel auf die Erde geschlängelt, geschwommen und gekrabbelt käme, um alle Lebewesen wieder mit sich zu versöhnen?

Diese Fleischwerdung packte die Sünde an der Wurzel, weil sie auch alle Wesen miteinbezog, die mehr Fleisch als Vernunft waren. Sie erlöste die Schöpfung sozusagen vom Schwänzchen her.

Ein schöner Gedanke und strahlender als dieser Drang, sogar noch Gott zum Menschen zu machen. Genug für heute, sagte er sich, trank das Glas leer, zahlte und ging.

An der Haustür angekommen tastete er nach seinem Schlüssel und seine Augen suchten oben im dritten Stock des Nachbarhauses nach Licht. Aber da war nichts, heute Nacht war es still und dunkel.

Erst am nächsten Morgen sah er sie: Die 24 Sterne, die mit Kernen beklebt an einer langen Schnur aus dem Fenster bis zum Boden reichten. Und um die Sterne herum die Vögel des Himmels und die Freuden einer neuen Welt.

Eigentlich ist alles gut

Seraina Kobler

Minze knöpfte zufrieden das schneeweisse Hemd zu, es roch noch ein wenig nach dem Laden, wo er es in letzter Minute gekauft hatte. Vor ihm lag das kratzende Etikett, fast hätte er mit der Nagelschere ein Loch in den Kragen geschnitten, aber nur fast. Als er fertig war, kletterte er aufs Klo, da ihm der beschlagene Spiegel nur bis zur Brust reichte. Da soll mal einer sagen, er habe den *Old-Money-Boy-Style* nicht drauf! Die würden Augen machen heute Abend, sein Vater hatte schon in der Früh Wachteln am Wochenmarkt geholt und stand seither in der Küche. Und war für niemanden zu sprechen.

Lolo und seine Mutter sahen sich wie jedes Jahr, seit er sich erinnern konnte, die immer gleiche Aufnahme von «Tatsächlich Liebe» an. Als Minze klein war, hatte er manchmal noch mitgeschaut. Vielleicht identifizierte er sich ein wenig mit dem Jungen, der zuvor seine Mutter verloren hatte, dafür aber die Zuneigung eines Mädchens geschenkt bekam. Während sich sein Vater dann in die Mutter eines Mitschülers verliebte, weil sie Claudia Schiffer ähnelt, in die er schon immer ein wenig verliebt war, die (haha) tatsächlich von Claudia Schiffer gespielt wurde. Später hatte dann das peinliche Gestöhne des Pärchens, das sich beim Dreh für einen Erotikfilm kennenlernt, überwogen. Und als dann die nachgespielte Carol-Singers-Szene dem rechten Amok Boris Johnson zum tatsächlichen Amt des Prime Minister verhalf, war er sich sicher, dass seine Mutter an irgendeiner geheimnisvollen, bisher unentdeckten Krankheit leiden musste, da sie den Film immer noch schauen wollte. Und Lolo interessierte sich sowieso nur für ihre Freundinnen, die alle wie der gleiche, lebende Instagram-Filter aussahen: Aufgedunsene Entenlippen, mit Strasssteinen beklebte Gelnägel und falsche Wimpern.

Kurz überlegte Minze, ob er die beiden Flecken, die seine Socken auf dem Klodeckel hinterlassen hatte, abwischen sollte. Eigentlich hatte er keine Lust, aber es würde bestimmt Ärger geben sonst, Heiligabend hin oder her. Als er zurück in sein Zimmer unter dem Dach schlurfte, überzeugte er sich selbst vom Gedanken, die Socken zu wechseln, aber selbst die frischen Sportsocken hatten eine verwaschen braune Sohle, dann besser gleich ganz schwarze, wer weiss, zu wem es ihn nach der Fete bei Pete noch hinzog, die er dieses Jahr schmiss, nachdem sie den offiziellen Teil überlebt hatten. Vielleicht wäre ja auch Silja mit den grossen, weissen Zähnen und der flauschigen Angoramütze da, die so etwas wie Minzes Claudia Schiffer war.

Aus dem Wohnzimmer wehten die letzten Zeilen von «God Only Knows» hinauf. Die Stimmen der Beach Boys überlappen sich, wie die eingeblendeten Schicksale in der Ankunftshalle von London Heathrow, die sich nebeneinander legten, zu einem grossen Bild – und Minze war sich sicher, bis sich das Herz darin zeigte, würde seine Mutter Lolo zu überreden versuchen, noch «Drei Nüsse für Aschenputtel» hinterher zu schieben. Aber die beiden sassen mit angewinkelten Beinen auf dem Sofa, ihre Gesichter leuchteten im Schein der Telefone und für einen Augenblick lang hätte er schwören können, dass beim Tippen ein Lächeln über das Gesicht seiner Mutter huschte, das er so nicht kannte. Dann blickte sie ihn an. Minze straffte die Schultern, bestimmt wäre sie beeindruckt von seiner Aufmachung. Doch sie schien ihn nicht wirklich zu bemerken.

Anders Lolo: «Hey Bro», sie wandte ihren Blick nicht vom Bildschirm ab. «Du sollst den Tisch decken, hab' ich gehört.» Er zuckte mit den Schultern. «Das ist ein Gerücht, vielleicht solltest du Instagram mal schliessen, bevor du selbst zu einem Filter wirst.» Sie machte eine Blase mit ihrem Kaugummi und liess sie langsam platzen, dann sagte sie: «Immerhin nennen sie mich nicht wie ein ver-gammeltes Grünzeug.»

Minze drehte sich weg und schnaubte verächt-lich durch die Nase. Da zeigte sie wieder mal, wie wenig Ahnung von der Welt seine jüngere Schwes-ter hatte. Denn er hiess nur aus einem einzigen Grund Minze: weil er halbgottmässig cool war. Und vielleicht, weil er früher leicht lispelte und das Z nicht richtig aussprach, aber das konnte Lolo ja gar nicht wissen, da war sie noch im Kindergarten ge-wesen. Höchstens.

Später sassen sie alle vier zusammen am Tisch, der mit Stechapfel und Mistelzweigen dekoriert war, vier brennende Kerzen spiegelten sich in der nachtblinden Fensterfront der Neubauwohnung. Dahinter eine schulterhohe Tanne, reich behängt mit roten Kugeln, Sternen und allerlei Anhängern, die Lolo und Minze im Laufe der Jahre in der Schu-le gebastelt hatten. Und natürlich gab es Geschen-ke. Minze fiel auf, dass die meisten Aufkleber der Verkaufsläden trugen, und nicht wie gewöhnlich selbst eingepackt worden waren. Wenn er es sich richtig überlegte, waren seine Eltern überhaupt ziemlich viel weg gewesen, schon die ganze Ad-ventszeit über, was ihm wohl nicht aufgefallen war, weil er selbst mit der Lehre und den Prüfun-gen alle Hände voll zu tun gehabt hatte. Aber egal, es gab Dinge, die blieben immer gleich, zum Beispiel Weihnachten. Nach dem Essen würden sie darüber witzeln, dass niemand wirklich singen konnte. Der Vater würde androhen, aus der Bibel vorzulesen und am Ende, ja am Ende, da würde er beschwingt zu Pete laufen und vielleicht wäre er sogar ein wenig gerührt, wenn er die Eiskristalle auf dem Gehsteig funkeln sehen würde.

Die Wachteln schmeckten verbrannt, was sein Vater mit Orangenconfit kompensiert hatte und seine Mutter erzählte gerade von einer Freundin, die sich seit einer Fastenkur am Bodensee nur noch basisch ernährte. «Ich meine», sagte sie gerade, «stellt euch mal vor, euer Körper erschafft sich im Prinzip permanent neu.» Sie blickte auf ihren Teller, auf die in Sauce schwimmende Karkasse. «Und dann musst du dir halt schon überlegen, ob du aus gutem, frischem Gemüse bestehen willst, oder eben aus totem Fleisch.» Es klirrte, als der Vater seine Gabel auf den Tisch legte. In seinem Gesicht kämpften die Emotionen. Minze sah, wie die Ader auf der Stirne hervortrat, das war lange nicht mehr vorgekommen, das letzte Mal, als er nachts einen Roller geklaut hatte, und mit den Jungs die steile Strasse am Hang runter gebrettert war.

Im Nachhinein konnte Minze nicht mehr genau sagen, wie sich der genaue Ablauf der Dinge zugetragen hatte. Doch am Ende schrien sich seine Eltern gegenseitig an, Lolo sass heulend am Tisch und auf seinem Hemd breitete sich ein Saucenfleck aus, der auf seiner Haut klebte. Na toll, nichts wie weg hier. Ohne ein weiteres Wort schnappte er sich seine Jacke. Die kalte Nachtluft brannte in seiner Lunge, doch er verlangsamte seine Schritte erst, als er in dem kleinen Park vor Petes Haus angekommen war. Er legte sich auf eine der Bänke, verschränkte die Arme hinter seinem Kopf und versuchte, die Angst davor, dass seine Eltern sich trennen könnten, zu vergessen. Sah durch die nackten Baumwipfel in den Himmel. Und je länger er hin sah, desto mehr Sterne blinkten auf. Bildeten verborgene Muster, da Andromeda. Und dort: das nördliche Dreieck, der grosse Bär. Und mit einem Mal fühlte er sich wieder leicht, er fühlte sich wie der Junge, der er einmal gewesen war, und ein bisschen wie der Mann, der er bald sein würde. Und dazwischen: all die Momente. Die schönen – und die anderen.

Eigentlich, dachte er, als er sich etwas zu schnell aufsetzte, eigentlich war doch alles gut. Kurz darauf drückte er die Klingel neben dem grün lackierten Gartentor. Minze hörte Musik, lautes Lachen, dann ging das Licht an hinter den Butzenscheiben. Und er sah eine helle Angoramütze an der Garderobe hängen.

TeleToday: Weihnachten – eine sackstarke Story

Gaby Wiss, CityKircheZug

Noel Winter, 19, Kanti ein Jahr vor der Matura abgebrochen, hat einen der begehrten Praktikumsplätze bei TeleToday ergattert. Anfang Dezember gibt ihm die Redaktionsleiterin den Auftrag, einen Beitrag zu Weihnachten zusammenzustellen. Ihre Vorgaben: Kurzbeitrag zum alten Zopf, maximal drei Minuten, mit lokalen Personen, etwas Tiefgang und trotzdem locker-flockig.

Als YouTuber hat Noel schon Erfahrung mit Filmen und er startet mit viel Enthusiasmus. Schliesslich feiert er Weihnachten, seit er denken kann. Noel kennt das Credo seiner Redaktion: Unsere Storys müssen informativ und fundiert recherchiert, aber trotzdem unterhaltsam sein, das Publikum fesseln und/oder vom Hocker hauen und einen Mehrwert generieren. Ah ja, und der Titel muss natürlich knallen und neugierig machen. «Titel mach ich später …», überlegt der Neuling.

Zuerst stürzt er sich in die Recherche. Google liefert zum Suchwort «weihnachten» auf Anhieb 192'000'000 Hinweise. Aber wo anfangen? Noel greift zu einem bewährten Mittel: Wenn er nicht mehr weiter weiss, ruft er seine Mutter an. Sie hat immer eine Lösung. Also fragt er sie, wo er Material und Infos für seinen Beitrag zu Weihnachten findet.

«Weihnachten ist ein christliches Fest, da hilft ein Blick in die Bibel», rät sie. «Lies mal bei Matthäus und bei Lukas.» «Die Bibel gibt es sicher auch online», sagt sich Noel. Er tippt in die Suchmaske «bibel matthäus weihnachten». Et voilà, die Suchergebnisse reduzieren sich auf 41'000. Immerhin: Weit oben erscheinen die beiden Weihnachtsgeschichten. Nachdem er beide gelesen hat, notiert er sich folgende Themen:

- ○ Eine ledige junge Frau wird unerwartet schwanger – damals musste mit der Todesstrafe mittels Steinigung gerechnet werden.
- ○ Eine Regierung führt kurzfristig ein neues Gesetz ein. Das Gesetz besagt, dass Menschen je nach Herkunftsort auch mal 157 Kilometer zu Fuss gehen müssen, um sich in irgendwelche Listen einzutragen.
- ○ Ein Paar mit einer jungen, hochschwangeren Frau kommt in ein fremdes Dorf, sucht eine Unterkunft und findet kein Zimmer – sie werden abgewiesen.
- ○ Ein Gewaltherrscher fürchtet um seine Stellung und ordnet einen Völkermord an.

○ Eine junge Familie muss aus dem eigenen Land fliehen, weil die Ermordung des neugeborenen Kindes droht.

Kurz: Die biblische Geschichte ist an Aktualität kaum zu überbieten. «Das gibt eine sackstarke Story», denkt Noel. Gleichzeitig wird er unsicher: Und wie feiern wir Weihnachten – wohlverstanden – seit Generationen? Es gibt mehrere ausgesprochen feine Essen in Vereinen und Firmen, aber am liebsten im Kreis der grossen Familie, unter einem schön geschmückten Tannenbaum, wo sich hoffentlich Geschenke befinden. Das Wohnzimmer ist mit Lichtern, Engeln und Adventsgestecken geschmückt – und schon im November sind auch Fenster, Balkone und Strassen dekoriert und beleuchtet. Gar nicht zu reden von den Auslagen in den Geschäften, die schon im Oktober daran erinnern, dass Weihnachten bald vor der Tür steht.

«Geschieht das zu Ehren von Flüchtlingen, unerwartet Schwangeren oder blutrünstigen Königen?», fragt sich Noel. Da kann doch etwas nicht stimmen!

Noel erinnert sich an seine Firmung im letzten Jahr. Die Pfarreiseelsorgerin hatte einen guten Draht zur Firmgruppe und konnte die Fragen der jungen Menschen immer sehr verständlich beantworten.

Ob er Anna anrufen soll? Er hat noch ihren Kontakt gespeichert. Etwas Gescheiteres fällt ihm im Moment nicht ein. Also schreibt er sie an: «Hab' da eine Frage zu Weihnachten. Hast du Zeit?» Anna meldet sich umgehend und sie treffen sich im *Café d'Bauhütte*, dem Ort für Begegnung und Beratung, mitten in der Stadt Zug.

Anna bringt buchstäblich Licht ins Dunkel. Sie erklärt ihm anschaulich, was es mit Weihnachten auf sich hat. Gott sei Dank hat Noel das Gespräch gleich mit der Kamera aufgenommen.

Schliesslich fällt ihm noch der Religionslehrer von der Kanti ein. Seine Adresse findet er im Internet. Was ihm Herr König erzählt, ist ebenfalls stimmig und lässt sich auch in eine gute Bildsprache packen, zumindest teilweise, denkt sich Noel, als er den Rohfilm im Büro ansieht.

Noel vervollständigt sein Storyboard mit den Ergebnissen seiner umfangreichen Recherche. Langsam ergibt sich so ein informativer Beitrag, der sich gut fürs Fernsehen eignet. Für den coolen Aufhänger sucht er aktuelle Bilder, Kurzvideos und Schlagzeilen zu «ungewollt schwanger», «Völkermord», «neues Gesetz», «Familie auf der Flucht» und «Elend in der Welt». «Erschreckend, wie gross die Auswahl ist», denkt Noel. Dazu ergänzt er ein paar Einspielungen von Weihnachtsbeleuchtung, Festessen und geschmückten Tannenbäumen.

Für die Einleitung macht er in Zug eine kleine Strassenumfrage zum Thema Weihnachten. Die unterschiedlichsten Antworten bekommt er da: «endlich wieder einmal Fleisch in rauen Mengen», «damit man mit der Familie mal wieder zusammenkommt», «damit es Geschenke gibt», «bin ungläubig, aber freue mich an den Lichtern» usw. Immerhin sagen noch die meisten Leute in allen Altersgruppen: «An Weihnachten feiern wir die Geburt von Jesus Christus.»

Und dann folgt der Hauptteil, wo er Anna erzählen lässt: «Die Weihnachtsgeschichte spricht nicht nur von fürchterlicher Gewalt und Zurückweisung, sondern auch von Engeln, vom Frieden und von einem neugeborenen Kind. Und diese Bilder berühren tief und wecken menschliche Sehnsüchte: helles Licht, Verheissung und Hoffnung auf Frieden und die Geburt eines Kindes als Zeichen des Neuanfangs. Jedes Neugeborene strahlt eine besondere Kraft aus, es ist ein Wunder, ein Wunder, das auf eine andere Dimension verweist. Und das ist eben auch Weihnachten. So heisst es in der Bibel auch:

Und es waren Hirten in jener Gegend auf freiem Feld und hielten in der Nacht Wache bei ihrer Herde. Und ein Engel des Herrn trat zu ihnen, und der Glanz des Herrn umleuchtete sie, und sie fürchteten sich sehr. Da sagte der Engel zu ihnen: Fürchtet euch nicht! Denn seht, ich verkündige euch grosse Freude, die allem Volk widerfahren wird: Euch wurde heute der Retter geboren, der Gesalbte, der Herr, in der Stadt Davids. Und dies sei euch das Zeichen: Ihr werdet ein neugeborenes Kind finden, das in Windeln gewickelt ist und in einer Futterkrippe liegt. (Lukas 2,8–12)

Anna erzählt weiter: «Engel schaffen eine Verbindung zu einer anderen Dimension, in der alles gut ist. Und sie sind auch ein Zeichen, dass manchmal Dinge passieren, die wir uns schlicht nicht erklären können. Und damit wir das nicht vergessen, schmücken wir unsere Häuser mit Lichterketten, geniessen Weihnachtsessen, beschenken uns gegenseitig und wünschen *Schöni Wiehnachte*.»

Jetzt folgt der Beitrag mit dem Religionslehrer König: «Weihnachten heisst: Gott kommt in die Welt. Er kommt in die Welt als Mensch, als kleines Kind. Er zeigt sich zuerst bei den Ärmsten und Ausgegrenzten. Hirten auf dem Feld erfahren als Erste: Egal was ist, Gott ist mit und bei dir. Es wird immer Elend auf der Welt geben, aber Gott ist da. Gerade in schwierigen Zeiten erkennen wir, dass der Mensch nicht alles in der Hand hat. Und dann ist es gut zu wissen: Gott ist da. Mit diesem Glauben unterwegs zu sein, gibt Kraft und Stärke.»

In der letzten Einstellung zeigt Noel nochmals stimmige Bilder zum Weihnachtsfest, wie er es sich wünscht, und sagt dazu aus dem Off: «Viele Menschen feiern immer noch Weihnachten, weil wir mit allem Schrecken, mit allem Ärger, mit aller Not, die es in der Welt gibt, einfach Zeiten brauchen, wo alles gut, wo alles hell, wo alles heil ist.»

Und am Schluss stellt Noel allen die Frage: «Was bedeutet dir Weihnachten? Schreib uns doch per Mail oder SMS an die Redaktion.»

Nach 24 Stunden intensiver Arbeit ist alles im Kasten. Noel ist zufrieden mit seinem Beitrag. Und der Titel? «Weihnachten – eine sackstarke Story!»

Abenteuerliche Eselreise

Roman Ambühl, CityKircheZug

Da stand ich als grösster Esel von allen, zuoberst auf einem Ausstellungspodest mitten in einer bunt gemischten Gruppe von Stofftieren im Schaufenster am Hamburger Bahnhof. Hinter mir schwebte ein Weisskopfseeadler mit etwas zerzaustem Kopf. Um meine Vorderhufe gruppierten sich drei mickrige Versionen von Verwandten von mir. Um mich herum standen allerhand bunte Vögel: Papageien, zwei Tukane, Kakadus und ein Flamingo. Wir verstanden uns gut, auch über Grössenunterschiede und Gattungsgrenzen hinweg. Tief in mir drin wusste ich jedoch, ich gehörte hier nicht hin. Meine Eselseele ahnte: Ich bin zu Höherem berufen.

Mein Blick wanderte hinaus aus dem Schaufenster auf das Gewusel draussen auf den Gängen des Bahnhofs. Zielstrebig im Anzug mit kleinem Rollkoffer die einen. Schlendernd im touristischen Freizeitlook, Reisegepäck und Tagesrucksack die anderen. Ein ganz normaler und unterhaltsamer Freitagmorgen im Frühling. Nun ja, bis zu dem Moment, als ein Paar mit zwei roten Rollkoffern vor dem Schaufenster stehen blieb. Er deutete aufgeregt in meine Richtung und sprach gestikulierend mit seiner Frau. Ich schien ihm zu gefallen. Sie bewegten sich auf den Eingang zu und kamen dann in den Laden hinein. «Der Esel da wäre genau die richtige Grösse für unsere Krippe in der Kirche! Seine Schulterhöhe ist etwa tischhoch, was bei den Figuren etwas über der Hüfte wäre. Und er sieht so lebensecht aus!» «Ja, er ist wirklich hübsch», bestätigte sie. «Was er wohl kostet?» Ein kleines Preisschild stand auf dem Podest zwischen meinen Vorderhufen. Er las es ohne sichtbare Reaktion. Ich war fast etwas verlegen ob der Komplimente zu meinem Aussehen. Als Esel zusammen mit anderen Figuren in der Krippe einer Kirche stehen. Das tönte nach einer sinnvollen und erfüllenden Aufgabe.

Die beiden sprachen weiter. «Aber den können wir ja jetzt nicht mitnehmen in den Urlaub nach Dänemark. Und dann wieder zurück in die Schweiz? Hat der überhaupt Platz im Schlafabteil unseres Nachtzugs?», wandte sie ein. Und er ergänzte: «Ich kann den Esel auch nicht ohne Absprache mit meinem Vorgesetzten anschaffen. Aber ich schicke ihm ein Bild und in zehn Tagen auf dem Rückweg könnten wir den Esel ja dann mitnehmen.»

Aus der Schweiz waren sie also, die zwei, auf Urlaubsreise nach Dänemark. Im ersten Moment war ich enttäuscht, als sie ohne mich den Laden verliessen, um ihren Anschlusszug in Richtung Norden zu erreichen. Eine leise Hoffnung glomm jedoch weiter in mir, dass sie auf ihrer Rückreise vielleicht doch noch einmal vorbeischauen würden.

So gingen die Tage vorüber, wie sie immer vorüber gingen. Morgens kam die Besitzerin des Ladens, öffnete die Tür, machte Licht und freute sich auf Kundschaft. Zwischendurch entstaubte sie das eine oder andere von uns Stofftieren oder arrangierte Mal hier und Mal dort eine Gruppe um. Immer wieder kamen grosse Kartonschachteln an, aus denen sich neue, mehr oder weniger lebensechte Kreaturen und originelle Kreationen zu uns gesellten. Kleine Mäuse oder Meerschweinchen, Bären aller Art, Vögel in unterschiedlichsten Farben, aber auch Handpuppen in allen Ausführungen: Menschliche Karikaturen, aber auch ein «Vollpfosten» oder ein «Waschlappen», die mit etwas Fantasie und einer menschlichen Hand von innen zum Leben erweckt und zum Sprechen gebracht werden konnten.

In stillen Momenten dachte ich zurück an die Begegnung mit dem Schweizer Paar und begann mir auszumalen, wie ich mich wohl als Esel in der Krippe so machen würde.

So richtig glaubte ich noch nicht daran, dass das wirklich einmal Realität werden könnte, bis ... ja, bis der Nachmittag kam, an dem ich ein Telefonat der Ladenbesitzerin mithörte. «Ja, natürlich schreiben wir Ihnen eine Rechnung. Die Rechnungsadresse ist in Zug, in der Schweiz, richtig?» Ich hatte Schweiz gehört und meine von Natur aus schon langen Ohren streckten sich noch mehr. «Ja, dann haben wir bis 21 Uhr geöffnet. Das reicht gut, wenn sie kurz vor sieben hier ankommen. Und wir werden den Esel dann gerne für Sie transportbereit machen und in zwei grosse Plastiktüten einschlagen, um ihn vor Verschmutzung zu schützen.» Hatte ich das wirklich richtig gehört? Esel in zwei grossen Plastiktüten eingeschlagen? Da konnte doch wirklich nur ich gemeint sein. Kein anderer Esel im Laden war nur annähernd so gross wie ich. Sollte mich nun also mein Weg tatsächlich in ein Krippenensemble in die Schweiz führen? «Sehr gerne, wir freuen uns. Bis am Dienstagabend. Danke. Tschüss!»

Zwei, drei Tage später dann wurde ich von meinem Podest gehoben und mit einer Bürste etwas entstaubt. Im kleinen Raum hinter der Kasse wartete ich nun gespannt auf das, was kommen würde. Und es kam. Es kam in Form des Schweizer Pärchens, das kurz vor sieben an besagtem Dienstag in den Laden trat. Noch einmal schauten sie sich mich ganz genau an, streichelten mir über den Rücken, kraulten mich zwischen den Ohren, schauten mir tief in die Augen und prüften vorsichtig die Belastbarkeit meines Rückens und meiner Beine.

«Ja, den nehmen wir endgültig mit. Er ist wunderschön und so lebensecht. Auch eine Krippenfigur könnte mal auf seinem stabilen Rücken sitzen.» «Gut, dann packen wir ihn ein, damit er auch heil und sauber in der Schweiz ankommt.»

Jetzt wurde es etwas gruselig. Von hinten und von vorn wurde mir eine weisse Plastiktüte übergezogen. Mit etwas Klebeband und einer Schnur um meinen Bauch wurden sie fixiert. So stand ich da und sah nichts mehr. Etwas unruhig machte mich das. Dann wurde offenbar bezahlt und meine abenteuerliche Reise ging los. Ich fühlte, wie ich hochgehoben und mit dem Kopf nach unten auf den Rücken gelegt wurde. Offenbar lag ich nun oben auf dem grossen roten Rollkoffer, den ich vorher bei dem Pärchen gesehen hatte. Sanft schaukelte der Koffer über die unterschiedlichen Bodenoberflächen des Bahnhofs und massierte mir angenehm den Rücken. Wie ein Segelflug fühlte sich die Wegstrecke über die Rolltreppe an. Dann gab es eine Pause, bis der Nachtzug etwas rumpelnd und quietschend einfuhr. Zusammen mit dem Koffer wurde ich in den Zug gehoben. Durch einen schmalen Gang, der nicht ganz so breit war wie ich, meine Hufe streiften die Wand, eine kurze Treppe über fünf Tritte hoch ging es letztendlich zum Abteil, wo ich auf eine weiche Matratze gelegt wurde.

Ich freute mich schon auf eine bequeme Reise durch die Nacht. Doch zu früh gefreut. Man wollte mir offensichtlich keinen ganzen Schlafplatz überlassen. Sie einigten sich darauf, mich am Fuss des einen Betts beim Fenster zu platzieren. So lag ich dann auf dem Rücken, den Kopf nach unten. Ich hatte ehrlich gesagt schon bequemere Nächte. Aber auch vor lauter Aufregung und Vorfreude konnte ich kaum schlafen.

Nach dem Frühstück für meine Menschen mussten wir in Zürich umsteigen. Es schien schnell gehen zu müssen. Mir wurde fast etwas schwindlig vom Geholper. Nach einer kurzen Zugfahrt kamen wir am vorläufigen Ziel in Zug an. Ich wurde am Bahnhof der Sakristanin übergeben, wie ich dem Gespräch entnahm, die mich mit einem Auto am Bahnhof abholte und mich damit zum Pfarreisekretariat brachte. Dort – endlich – wurde ich von einer freundlichen Sekretärin aus meinen Plastiktüten befreit. Im Eingangsbereich des Gemeindehauses durfte ich stehen. Ein Körbchen mit Heu stand vor mir auf einem Holzhocker. Die Menschen, die an mir vorbei ein- und ausgingen, bemerkten mich Neuankömmling. Die meisten schenkten mir ein Lächeln. Einige machten mir sogar Komplimente. Vor allem Kinder hatten grosse Freude an mir, streichelten mich und kuschelten sich an meinen Hals oder versuchten sogar, auf meinen Rücken zu klettern.

Etwa zwei Wochen darauf hatte ich meinen ersten offiziellen Einsatz mit zwei meiner Figurenkollegen in der Kirche: Die Geschichte von Bileams Esel stellten wir gemeinsam dar. Ich fühlte mich sofort wohl im bergenden Kirchenraum und zusammen mit meinen Kollegen. Auch hier kamen immer wieder Menschen zu Besuch. Manche kamen für ein kurzes Gebet, etwas erfrischende Kühle im Kirchenraum oder um für sich oder jemand anders eine kleine Kerze zu entzünden. Immer wieder kamen auch Eltern oder Grosseltern mit kleinen Kindern vorbei, die ausnahmslos zu mir hinkamen und mich mindestens kraulten. Wunderschön!

Nach unserem Einsatz wurde ich mit den anderen Figuren in einem kleinen Lagerraum in der Kirche verstaut. Die anderen begannen, mir dort von ihrer besonderen Aufgabe an Weihnachten und von ihren vielfältigen Einsätzen während des Jahrs zu erzählen. Immer wieder hatten sie Auftritte und wurden zu unterschiedlichen Anlässen liebevoll eingekleidet und im Kirchenraum arrangiert. Meine Vorfreude auf meinen ersten weihnachtlichen Einsatz an der Krippe wuchs fast ins Unermessliche. Würde ich nahe neben dem Jesuskind stehen dürfen? Wer mich dann wohl alles besuchen kommt?

Die Palme

Thomas Hürlimann

Bei Betlehem, zu der Zeit, als Cyrenius Landpfleger in Syrien war.

Die Palme war sehr alt und sehr hoch, und im weiten Land um sie herum gab es kaum etwas, das sie nicht schon einmal erlebt hatte. Sie war es gewohnt, dass man nachts einen Ochsen an ihren haarigen Stamm band, und natürlich kannte sie auch den frechen Esel, der wieder einmal dem Hirten davongetrabt war und nun dem Ochsen das ausgelegte Stroh wegfrass. Ja, so alt und weise war die Palme, dass sie mit allen Dingen vertraut war: mit dem Knabbern des Esels, dem Schnarchen des Ochsen, den sich kreuzenden Sternschnuppen am Nachthimmel. Gleich würde der Mond aufgehen, die Ebene mit Kreidestaub bestreuen und sie mit einem grauen Schatten versehen. Doch nein, es kam anders, ganz anders. Auf einmal senkte sich eine gewaltige Dunkelheit herab. Die Sterne erloschen. Der Wind verstummte. Das Gras hörte auf zu wachsen. Die Blumen sandten keine Düfte mehr aus, und an ihren Zweigen, merkte die Palme, glitten die Tautropfen nicht mehr ab, zitternd blieben sie kleben. Alles war erstarrt. Finsternis lag über der Ebene und ein tiefes ängstliches Schweigen. Da, ein Licht! Von weit draussen kroch es heran. Wankte näher, kam direkt auf sie zu und wurde schliesslich zu einer Laterne, mit der ein Mann einer hochschwangeren Frau den Weg beleuchtete. Das Paar war erschöpft, es brauchte dringend eine Unterkunft, und so nahm die Palme ihre ganze Kraft zusammen, um mit ihrer Blätterkrone ein Rauschen zu erzeugen, das den Mann anhalten liess.

Nur wenige Schritte entfernt befand sich eine Felsgrotte. In kalten Nächten, wenn der Schneesturm über die Ebene fegte, diente sie den Hirten als Unterschlupf; dort wurde auch das Stroh für den Ochsen aufbewahrt, und es gab ein paar Schaffelle, auf denen sich die Schwangere ausruhen konnte.

Mit der Laterne leuchtete der Mann in die Grotte. «Frau», hörte ihn die Palme sagen, «hier bleiben wir. Eine bessere Herberge finden wir nicht mehr.» Er nahm die halb Ohnmächtige auf seine Arme und trug sie in die Grotte.

Zur selben Zeit wachte draussen in der Ebene der Hirtenhund auf. Kein Esel mehr da! Der Hund bellte, und der Hirt, bevor er richtig wach war, spürte: Diese Nacht war anders als sonst. Dunk-

ler. Stiller. Als hielte die Ebene mit ihren Ginster-
büschen und Olivenbäumen den Atem an. Keine
Zikade sang. Kein Blättchen regte sich. Seine Schafe sahen ihn mit grossen Augen an, winselnd ver-
drückte sich der Hund. Wo waren die Sterne, wo
blieb der Mond?

Im Morgenland haben sie einen Ruf, um einen
entlaufenen Esel anzulocken, und so störrisch
diese Tiere sein mögen, sobald ein «Halleel! Halleel!» ertönt, trotten sie mit hängendem Kopf zu
ihrem Besitzer zurück. Der Hirt formte mit seinen
schwieligen Händen einen Schalltrichter vor dem
Mund – und was sich nun begab, musste die Palme
später noch oft erzählen, alle Jahre wieder, immer
an Weihnachten.

Es ging auf Mitternacht zu, pflegte sie ihre Geschichte zu beginnen, als aus weiter Ferne der Ruf
des Hirten über die Ebene tönte: «Halleel! Halleel!»
Unten, am Fuss meines Stamms, stiess der Ochs mit
seiner feuchten Schnauze den Esel an. «He», machte er, «du bist gemeint, du!» Klar, Ochsen sind ziemlich maulfaul, er wird sich wohl etwas einsilbiger
geäussert haben, mit einem Du oder Muh, und vielleicht, wer weiss, hat er nicht viel mehr als ein U
geschnobert: «Uu!»

«I-A», antwortete der Esel, doch dachte er nicht
daran, sich auf den Weg zu machen. Da ertönte der
Ruf erneut: «Halleel! Halleel!», wieder stiess der

Ochs sein «Uu!» aus, und der Esel rief: «I-A.» Und tat keinen Wank. Blieb bockig stehen. Der Ruf erscholl zum dritten Mal, «Halleel! Halleel!», «Uu», muhte der Ochs, und der Esel gab sein «I-A» dazu.

Mir war sofort klar, fuhr die Palme fort, dass sich etwas Ungeheuerliches ereignete, und wirklich, ein geschweifter Stern zischte vom Himmel herab, übergoss die Ebene mit Silber, aus der Felsgrotte trat erschöpft der Mann und sprach zu meiner Krone herauf: «Danke, Palme, die Grotte war ein prima Tipp. Frau und Kind sind wohlauf!»

Und ihr glaubt es nicht, ihr Lieben, in diesem Augenblick hebt alles, was da kreucht und fleucht und blüht und kriecht und flattert, Engel und Menschen und Blumen und Vögel, zu singen an und jubelt das neue Wort, das ein einfacher Hirt, ein schwerblütiger Ochs und ein sturer Esel in dieser Nacht geschaffen haben, um die Geburt des Heilands zu feiern: «Halleel!» – «Uu» – «I-A! Halleluja! Halleluja!»

Das Perron der Geborgenheit

Antonio Albanello, offene kirche bern

Während meiner italienischen Kindheit wurde der Heiligabend eigentlich nicht gross gefeiert. Traditionell feiert man in Italien am Mittag des 25. Dezembers. Zu diesem Zweck reisten Mutter, Vater, Klein Antonio, das bin ich, und mein damals noch sehr viel kleinerer Bruder nach Italien. Nonna Santina organisierte dort die grosse Mittagstafel für uns und für die sechs Brüder meines Vaters. Einige waren schon verheiratet und hatten Kinder. Was die Gesellschaft signifikant vervielfältigte. Dort schmückte auch kein Tannenbaum die Stube, sondern ein kitschig kleiner Plastiktannenbaum mit blinkenden Farblämpchen.

Wir reisten damals immer mit dem Zug. Wie auch dieses Mal am Nachmittag des 24. Dezembers 1966. Wir wollten am Abend dort eintreffen, um fit für den nächsten Tag, für die grosse Weihnachtstafel, zu sein. Wir reisten entlang der berühmten Strecke Lötschberg-Simplon. Eine historische Migrationsroute, die schon mein Vater und meine Mutter in umgekehrter Richtung ins Ungewisse geführt hatte.

Ich liebte Zugreisen, die vorbeiziehende Landschaft, den Fahrtwind, der das Gesicht verformte – damals konnte man noch die Fenster öffnen –, die unmotivierten Stopps mitten in der Pampa, niemand wusste warum, niemand wusste wozu, niemand wusste wie und wann es weitergehen würde.

Ein solcher Stopp ereignete sich auch auf dieser Zugreise. Allerdings machte der Zug an einem Bahnhof halt. Ich vermute, es war Brig. Seit wir aus dem Lötschbergtunnel herausgeschlüpft waren, dämmerte es und ein Schneesturm tobte um den talabwärts rasenden Zug. Ich klebte an der Fensterscheibe und stellte mir vor, dass ich in einem eisernen Drachen, Wind und Wetter trotzend, einer verheissungsvollen Weihnacht entgegenflog. Der Zug hielt am Bahnhof, Schneegestöber wischte über das Perron, die damals noch eher gelb leuchtenden Lampen tanzten aufgeregt und wussten nicht mehr so recht, wer oder was sie erhellen sollten.

Mein Vater schritt aus dem abgetrennten Abteil und stieg aus dem Zug. Der Ausgang befand sich unmittelbar neben dem Abteil. Ich sah ihn auf dem Perron stehen. Mit seinem langen grauen Mantel und der grauen Russenkappe, die er zum Bedauern meiner Mutter immer und noch viele Jahre lang tragen sollte. Er winkte kurz und verschwand, vom Schneegestöber umhüllt, in einer Unterführung.

Ich wollte auch raus. Nur, wenn ich unter unserem Fenster bliebe, bestimmte meine Mutter.

Auf dem kalten und stürmischen Perron, das nur noch knapp vom Dach geschützt war, umweht von irren Schneeflocken und dem Lichtspiel der Lampen, fühlte sich das Leben abenteuerlich an. Und da, aus der Nacht heraus, tauchte eine dunkle, kräftige und vom Wetter gezeichnete Lokomotive auf, die tosend und quietschend eine lange Reihe Wagen in den rettenden Bahnhof zog. Durch den Sturm, durch dunkle lange Berge hatte sie sich gekämpft. Ich war voller Bewunderung.

Ich drehte mich um und lief meinem Vater entgegen, dessen Umrisse, gut erkennbar wegen seiner Russenkappe, sich in der Unterführung manifestierten. Er hob mich in den Zug und wir betraten das Abteil, in dem meine Mutter mit meinem schlafenden Bruder wartete. Das Abteil gehörte allein unserer Familie, dies am Heiligabend. Zudem packte mein Vater gerade in diesem Moment etwas Feines zum Essen aus. Ich war sehr zufrieden mit dem Leben, es war verheissungsvoll, voller Familie und Geborgenheit – und Abenteuer.

Weihnachten in der Wüste

Andreas Nufer, offene kirche bern

Auf ihrer Reise durch die Welt kamen die Eidech-
se Soledad und die Maus Martin an den Rand der
Wüste. Martin bekam Angst vor so viel weiter Öd-
nis. Soledad aber wollte diesen geheimnisvollen
Ort kennenlernen. So reisten sie weiter.

Tagelang kamen sie durch Ebenen und Hügel
aus Stein, Sand, Geröll und harter Erde. Sie trafen
nichts und niemanden, ausser scharfe Winde und
die sengende Sonne. Manchmal sahen sie von Weitem Ameisen und Termiten, die die Wüste auf der
Suche nach Edelsteinen umgruben und sie mit tiefen Gräben und Stollen löcherten. «Sollen sie hier
ruhig ihre Gier stillen und alles durchfurchen»,
sagte Martin, «hier ist sowieso nichts.» «Meinst
du?», zweifelte Soledad.

Sie freute sich an der trockenen Schönheit. Martin war alles ungeheuer. Soledad trank wie üblich
kleine Tropfen aus ihrer Reiseflasche, während
Martin drauf und dran war, seine ganze Ampulle
zu leeren. Sie assen nur wenig und in den kalten
Nächten kuschelten sie sich aneinander.

Nach einigen Tagen kamen sie ins Regenbogental. Sie staunten über so viele Farben. Smaragd- und Olivengrün, Patina, Zitronen- und Goldgelb, Ocker, Orange, Kastanienbraun, Zinnoberrot, Purpur, Violett, Türkis, Azurblau, Silber, Aschgrau, Mondweiss und Kohleschwarz wechselten sich an den Hängen und in den Schluchten ab. Skurrile Lehmsäulen und verwitterte Lavabrocken standen wie Zeugen aus alter Zeit zusammen. Im Tal begrüsste sie der Engel El-Roï. «Von hier aus schicke ich die Farben in die Welt», erzählte er Soledad und Martin. «Hier ist ein alter Ort. Mein Tal leuchtete schon, bevor sich die Kontinente aus den Meeren erhoben. Deshalb haben wir Geduld, kümmern uns um jede und jeden und schenken allem Lebendigen und Toten Farbe.» Er legte den beiden purpurrote und smaragdgrüne Steine in die Hände. Soledad und Martin bedanken sich. Ein Lama namens Sami führte sie aus dem Tal und die beiden reisten weiter.

In der nächsten Nacht erreichten sie das Mondtal. Das weisse Mondlicht warf lange Schatten der Dünen in den Talgrund und die zerfurchten Lehmwände leuchteten sanft. In einem alten, verlassenen Steinhaus fanden sie Unterschlupf. Daneben standen stumm drei Steinsäulen wie betende Frauen in der Nacht. Hier begrüsste sie der Engel Gabriel. Er zeigte ihnen die funkelnden Sternstrassen und warf zwei neue Sterne an den weiten Himmel. «Wir schicken den Menschen Träume und lehren sie, sich auf ihren Wegen über Berge und Meere zu orientieren. Wenn sie die Sterne lesen, leiten wir sie an und zeigen ihnen, wenn Gott neue Geschichten an den Himmel schreibt.» Dankbar und müde schlief Soledad ein, Martin versuchte die ganze Nacht, in den Sternen zu lesen. Eine Eule namens Daniel half ihm dabei und am Morgen führte er die beiden zum grossen Salzsee. Im Gepäck trugen sie den funkelnden Edelstein und eine heilende Wurzel mit, die Gabriel ihnen geschenkt hatte.

Der grosse Salzsee leuchtete blau und weiss aus der weiten ockergelben Hochebene. Hohe Berge mit schneeweissen Spitzen und gewaltige Vulkane umgaben ihn. Am Ufer des Sees trafen sie den Engel Melah. «Seit allen Zeiten sprudelt hier das Wasser aus dem Herzen der Erde», erklärte der Engel. Und von hier fliessen unterirdische Flüsse in alle Himmelsrichtungen, um die Gärten, Wälder und Meere zu speisen und das Leben blühen zu lassen. Melah nahm Soledad und Martin mit bis zum Grund des Sees. Dort, an der Quelle des Lebens, sahen sie sich selbst und umarmten sich in frischer Liebe. Zurück am Seeufer erzählte ihnen die rosarote Flamingomutter Carolin von den Karawanen, die seit jeher hier vorbeikamen, um auf dem Weg von den Bergen ans Meer ihren Durst zu stillen. «Ohne unser

Wasser, unsere Kristalle, unsere Sümpfe, unsere Brunnen und Quellen gibt es kein Leben», sagte sie. Melah gab Soledad und Martin Wasser des Lebens und das Salz der Gemeinschaft mit auf den Weg.

Unterwegs kamen sie mitten in der Wüste beim Indio vorbei, einer hohen Figur aus Vulkanasche. Am Fuss des Indio begrüsste sie die weise Viscacha Wüstenhäsin Ulrica freundlich. «Kommt, meditiert mit mir und hört in die geheimnisvolle Stille der Wüste hinein, dann werdet ihr eure Ahnen hören», flüsterte sie. Und so lauschten Soledad und Martin den ganzen Tag und die ganze Nacht den Stimmen ihrer Vorfahren und Familien, um sich Rat, Orientierung und Zuversicht zu holen. Als der neue Tag anbrach, rief Ulrica den Engel Michael, damit er die beiden bis zur Oase begleite, und gab ihnen feinen, orangegelben Sand der Erinnerung mit.

Von Weitem duftete und strahlte sie in sattem Grün mitten in der goldgelben Unendlichkeit, die Oase Llapa ruru kancha. Michael begleitete Soledad und Martin zum Engel Uriel, der sie mitten in die Oase zu einer kleinen Kirche führte, gebaut aus Kaktusbalken, Lehm und Wüstensteinen. Sie war umgeben von einem blühenden Garten voller Tiere und ein Fluss sprudelte unbekümmert hindurch. Hier trafen die beiden Christus, der mit vielen Menschen zusammensass. Er lud sie ein an den gedeckten Tisch und alle assen gemeinsam. «Hier ist mein liebster Ort», sagte Christus. Er erzählte ihnen vom Leben in Fülle, vom göttlichen Reich, von der Liebe, vom aufrechten Gang, vom Geheimnis der Wüste und meinte: «Hier werde ich geboren. Alles kommt aus dem stillen, scheinbaren Nichts.»

Dann schenkte er Soledad und Martin das warme Licht aus seinem Herzen und eine Büchse voll goldener Stille. Mit all den geheimnisvollen und wunderbaren Geschenken und Erinnerungen zogen Soledad und Martin neugierig weiter durch die Welt – wie es Jahr für Jahr die Menschen nach Weihnachten auch tun.

Ein klingendes Weihnachtsmosaik

Isabelle Schreier, offene kirche bern

Und plötzlich begleitet ein leiser Schneefall mit weichen, grossen und nässlichen Flöckchen die anbrechende Winterzeit. Wo der Schnee auf den Strassen und Gehwegen geschwind wieder schmilzt, bleibt ein kleiner Flaum auf den Wiesen und Bäumen hängen und lädt alsbald Klein und Gross zu einem ersten Spass im Schnee ein. Die Vierbeiner wühlen im kühlen Weiss und die Kinder kosten die ersten Flocken der Saison. Die Hände werden ganz frostig, die Bäckchen erröten vom winterlichen Treiben.

Die Strassen im mittelalterlichen Städtchen Sursee sind aber leerer als gewöhnlich, die Zeit scheint in einem langsameren Takt voranzuschreiten als in den Jahren davor. Und dennoch erscheinen im Dunkeln viele kleine Lichter. Die einen flackern nur schwach in der Dämmerung, andere leuchten in bunten und kunstvoll verzierten Adventsfenstern und spiegeln die aufwendigen Weihnachtsvorbereitungen. Die Geschäfte im Städtli und anderswo haben üppig ausstaffierte Weihnachtsdekoration mit viel Liebe fürs Detail gestaltet.

Tritt man ein in die eine oder andere Küche, liegt ein feiner Geruch von Zimt, Orangen, Guetzliteig und Glühwein in der Luft. Und nicht zu vergessen den einen Geruch, der sich entwickelt, wenn man genüsslich ein Zündhölzli über den Anzündstreifen zieht. Augenblicklich wird die Flamme entfacht und das Holz beginnt zu brennen. Bis zuletzt der rauchige Geruch beim Ausblasen des Zündhölzlis im Raum hängen bleibt.

Die Adventszeit ist angebrochen. Heiligabend ist nicht mehr fern. Und an Heiligabend werden viele Kerzen entzündet. Das wird auch in diesem speziellen Winter nicht anders sein. Aber die gewohnten Weihnachtessen, für die ganze Firmen die Restaurants und Bars stürmen, auf ein bewegtes und hoffentlich erfolgreiches Jahr zurückblicken, bleiben aus. Auch der Klausanlass in Sursee ist nicht wie immer. Und es zeichnet sich ab, dass die grossen liturgischen Feiern zu Weihnachten nicht werden stattfinden können.

Jedenfalls nicht wie gewohnt. Kreativ, ganz bunt und mit viel Liebe umgesetzt, finden die Menschen Wege, die Weihnachtszeit spürbar zu machen und miteinander zu teilen. Und auch mir selber versüssen einige kreativ gestaltete Weihnachtsgrüessli mit mühevoll gestalteten Karten und kleinen Überraschungen die kälter werdende Adventszeit.

Und mitten in der feierlichen Adventszeit erklingen die ersten Musik- und Gesangsaufnahmen des Kirchenchors Sursee. *Glisch nuviala*, nur eines ihrer Lieder, berührt mich in dieser Zeit besonders. In diesem rätoromanischen, traditionellen Weihnachtslied wird besungen, dass ein Licht aufging in einem Stall. Das wahre und wunderbare Licht.

Aber zunächst erfahre ich wenig über den Text, vielmehr spricht mich das für mich fremdsprachige Lied auf einer anderen Ebene an. Die sanften und versöhnlichen Töne – ein Ton schmiegt sich an den anderen – und alles zeugt von grossem Einsatz, von viel Leidenschaft. Als ich den Videoclip zum Lied sehe, weiss ich warum: Ein Chor, der gemeinsam mit Musikerinnen und Musiker ein und dasselbe Lied aufnimmt – gemeinsam und doch alleine – ist dafür verantwortlich. Denn die Massnahmen zur Eindämmung der Pandemie erlauben keine gemeinsamen Gesangsaufnahmen vor Ort. Das wunderschöne Lied ist in aufwendiger Weise aufgenommen: Zum Aufnahmetermin sind alle einzeln angereist und haben ihren Part alleine eingespielt oder gesungen. Jeder Ton will sitzen, der gemeinsame Takt ist unerlässlich. Und am Computer fügten sich im Anschluss Videoaufnahme an Videoaufnahme, Tonspur wird über Tonspur gelegt und es entsteht ein sanftes Gesamtwerk. Der Chorleiter und Kirchenmusiker Peter Meyer lässt mit Einzelbilder und Klängen etwas Verbindendes entstehen. Etwas, das zum Mitsingen einlädt.

Gwundrig suche ich nach dem Text des Lieds. Ich will verstehen, was ich fühle – und zwar warum das traditionelle Weihnachtslied mich so rührt.

Glisch nuviala – ein neues Licht. Und was für eines. Ein Licht, das «beglücket und entzücket, mehr als jedes Firmament», heisst es im Liedtext. Schnell sollen alle herbeieilen, um das strahlende Licht, das Jesuskind, kennenzulernen. Ein Licht, das stärker strahlt als jeder einzelne Stern am Himmelsgewölbe, leuchtender und kraftvoller alle Winkel der Erde erleuchtet.

Mittlerweile laufen die Vorbereitungen für die Familienweihnachtsfeiern am 24. Dezember auf Hochtouren. Mit einer Arbeitskollegin plane und gestalte ich eine der Feiern. Eine, die mehrmals gefeiert wird, denn es ist nur eine begrenzte Anzahl Teilnehmende erlaubt. Auch in dem Bilderbuch, das den kleinen Gottesdienst mitträgt, geht es um Licht und Sterne: um ganz viele bunte Sterne, die vom Himmel bis zu uns kommen. Weit entfernt vom Firmament das Licht reflektieren, von dem auch das *Glisch nuviala* erzählt. Aus einem Deckenloch im Gewölbe der Kirche lassen wir in einem Sternenkorb ganz viele glitzernde und schimmernde Sterne hinunter. Mit tatkräftiger Hilfe von allen wird der Weihnachtsbaum in der Kirche geschmückt. Zu den bereits platzierten Kerzen und Lichtern gesellen sich nun grüne, blaue, rosafarbene, goldene und weissliche Sterne.

Mit jeder Feier kommen einige Sterne und Farben mehr dazu. Die einzelnen Gottesdienstgruppen sind einander nicht begegnet, haben aber gemeinsam etwas Verbindendes erschaffen. Wie bei den Ton- und Videoaufnahmen von *Glisch nuviala* ist etwas Gemeinsames entstanden.

Nach dem ganzen Trubel fahre ich nach Hause und höre mir im Auto laut nochmals das Lied an. Langsam stimme ich in den Gesang mit ein, als wäre ich auch irgendwie dabei: mitschwingen mit den Klängen, dem Gefühl, dass das Licht im Stall geboren wird. Im Gesang oder in einer Feier mit ganz vielen anderen Menschen verbunden, die sich vielleicht gar nie begegnet, aber doch miteinander verbunden sind, denn nun ist es so weit: Weihnachten ist da.

Weihnachtswärme

Susanna Klöti, Lukaskirche Luzern

«Brrrrrrrrrrrrrrrrrrrrrrrrrrrrrrrrrrrrrr» – der Wecker läutet die kleine Emilia aus ihrem wohligen Traum. Sie reisst die müden Augen auf. Im Bett ist es warm, unter der Decke und eingekuschelt in einen dicken Wollpullover. Emilia blinzelt und guckt neben ihr Bett, um sicherzugehen, dass die warmen Finken bereitstehen. «Achtung, fertig, los», feuert sie sich innerlich an. Emilia schwingt sich aus dem warmen Bett und stimmt erschrocken über das kalte Zimmer in das Geräusch des Weckers ein: «brrrrrrrrrr». Die kleinen Füsse schlüpfen rasch in die Finken hinein und Emilia rennt ins Bad. Duschen kommt an diesem kalten Novembertag auf keinen Fall infrage. «Kalt duschen? Nie und nimmer», denkt sich Emilia und sprüht sich stattdessen mit einer grossen Wolke Sprühdeo ihrer Mutter ein.

Nach einer schnellen Zähneputzeinlage rennt Emilia zur Familie an den Frühstückstisch. «Keine Zeit zum Essen, Mama», ruft sie, während sie ihren kalten Kakao schlürft. «Hast du deine Wollsocken eingepackt, mein kleiner Schatz?», fragt ihre Mutter besorgt und entlässt ihre Tochter in den kalten Novembertag zur Schule. Die Energiekrise hinterlässt an allen Ecken und Enden ihre Spuren. Das merkt auch die kleine Emilia, als sie durch die Strassen schlendert und die Plakate betrachtet: «PULLI STATT HEIZUNG» – «DUSCHEN STATT BADEN» – «LESEN STATT FERNSEHEN».

Sie nervt sich, dass die Plakate sie an ihren Wollpulli erinnern, denn jetzt beginnt es sie überall zu jucken. Nein, sie will sich einfach nicht daran gewöhnen. «Ich kann diese Wolle nicht mehr sehen», murmelt Emilia, während sie durch die kalten Strassen stampft.

Die Handarbeitsstunden in der Schule sind auch eintönig geworden. Strickpullis, Pulswärmer, Socken stapeln sich mittlerweile in jedem einzelnen Schulzimmer. Viel lieber würde Emilia wieder einmal töpfern oder kochen. Aber da lachen ja die Hühner – Strom dafür verbrauchen? Auf keinen Fall. Emilia klatscht sich mit der flachen Hand an ihren Kopf, um sich aus ihren Tagträumen zu holen. Diese Strickpullisache war Emilia noch nie geheuer gewesen. Das Geschrei war vorprogrammiert, wenn unter dem Weihnachtsbaum ein weiches Päckli lag. Da war ja dann bestimmt kein spassiges Spielzeug drin, sondern, oh Graus: ein Strickpullover von der Oma. Meist noch in leuchtenden Farben und juckend. Was auch sonst. Die Laune der undankbaren Göre blieb dann nicht unbemerkt. Sätze klangen in Emilias Ohren nach: «Du weisch, früehner hani sogar glismeti Unterhose agha.» Oder: «Im Summer hani denn es schöns glismets Bikini treit!» Naja, zum guten Glück sind diese guten, alten Zeiten vorbei – so schaffte es der Strickpulli meist in die hinterste Reihe des Schrankes, wo er bedeckt von Staub in Vergessenheit geriet.

Emilia seufzt. In diesem Jahr fühlt sich überhaupt nichts nach Weihnachten an! Die Prognosen für den Winter schauten schon länger düster aus: Der Krieg in Europa dauert an, die Gas- und Stromressourcen werden knapp. Die Haushalte in der Schweiz rüsten sich mit Kerzen aus. «Auch das noch», denkt Emilia. Kerzenziehen in der Schule! So sehr Emilia Kopfstand mag, mag sie es doch nicht, wie die Welt Kopf steht. Ist Weihnachten nicht ein Fest der Freude? Es fühlt sich gerade nicht danach an. Nicht mal selbstgemachte Weihnachtsguetzli, weil der Backofen ein Verbotsschild trägt. Geschweige denn der Truthahn, der gefühlt zehn Stunden im Ofen sitzt. Die Lichterketten, die Gärten und Weihnachtsbäume verzieren, bleiben in Schachteln auf dem Estrich verpackt und verharren in der Dunkelheit. «Oh Mann, wie gemein!», denkt Emilia laut, war doch dies eine Familientradition, die sie so sehr mochte.

In ihrer Enttäuschung kickt sie gegen eine leere Dose, die auf der Strasse liegt. Ob die zum Basteln gut wäre? Emilia weiss nämlich, dass die grosse Bescherung an Weihnachten dieses Jahr ausbleiben wird. Das Ersparte wurde für die teuren Gas- und Nebenkostenrechnungen angezapft.

Trotz dem ersten Schnee, der vom Himmel fällt, und dem Weihnachtsabend, der immer näher rückt, verspürt Emilia in dieser Bedrücktheit wenig Weihnachtsfreude. «O du fröhliche, o du heilige Weihnachtszeit» hat sich schon besser angefühlt. «O du düstere, kalte Weihnachtszeit» würde eher passen.

Und auch am Weihnachtsabend selbst fühlt sich nichts nach Weihnachten an. Die Kälte der ungeheizten Kirche sitzt Emilia noch tief in den Knochen. Zum Glück war sie wenigstens ein Schaf im Krippenspiel, sodass sie ihr Fell tragen konnte.

Der Gedanke daran, dass der Teller mit selbstgemachten Guetzli auf dem Tisch fehlen wird, macht Emilia traurig.

Als würde Emilias Bedrücktheit ihr vorauseilen, öffnet ihr Vater ihr mit einem grossen Lächeln auf dem Gesicht die Tür, bevor sie nach ihrem Schlüssel suchen kann. «Komm rein, hier ist es warm.» Warm? Hä? Wie soll das gehen ohne Heizung?

Ich trete ein in die Wohnung, wo mich meine Familie umgeben von Kerzenschein empfängt. Im Cheminée knistert ein Feuer in warmen Farben vor sich hin. Auf der Steinplatte des Cheminées steht ein Teekrug mit frischgebrautem Weihnachtstee, der den Raum mit einem Zimtduft erfüllt. Mein Vater zwinkert mir zu und drückt mir Stricksocken in die Hand: «Na los, die wirst du brauchen.» Zum ersten Mal schlüpfe ich nicht widerwillig in dieses Gestricke und mache mir eine Freude daraus, damit über den Holzboden der Wohnung zu schlittern. Fast wie Skifahren und sogar ohne Skilift!

Niemand sitzt auf einem Stuhl in der Wohnung – vielmehr grinst mich meine Schwester vom Boden vor der Couch an, umgeben von unseren Katzen, die ihr Wärme geben. Auf der Couch sitzt zusammengerückt meine Familie, wie Hühner auf dem Stängeli. «Komm, zusammenrücken hilft!»

Ich lasse mich auf die Couch fallen, umgeben von wohliger Wärme und Nähe. Es ist ruhig – wir lauschen dem Feuer und dem Kerzenschein, die das Licht in die warme Stube bringen.

In die Stille hinein hören wir, wie es an der Wohnungstüre klopft. Unsere ukrainischen Nachbarinnen kommen auch zum Weihnachtsessen und setzen sich zu uns. In der Hand halten sie ein Teller mit ukrainischen Süssigkeiten – Weihnachtsguetzli à la Ukraine.

Mein Herz geht auf – *das* ist Weihnachten. Menschen auf der Flucht, die ein Zuhause und Wärme finden. Kerzenlicht, das entzündet wird, um dem Dunkel der Welt Hoffnung zu schenken. Ein weiches Weihnachtspäckli, das unter dem Baum liegt und mir zum ersten Mal das gibt, was ich dringend nötig habe: ein Gefühl der Wärme. Weihnachtswärme. Strickpullis fürs Leben!

Wie der Esel zur Krippe kam

Aline Kellenberger, Citykirche Matthäus Luzern

Habt ihr zu Hause auch eine Krippe? Mit Maria, Josef und dem Jesuskind? Und steht da auch ein Esel? Ja? Wisst ihr auch, wie's dazu gekommen ist, dass da ein Esel steht? Nein? Dann will ich euch die Geschichte erzählen. Die Geschichte, wie der Esel zur Krippe kam.

Es war einmal ein Esel oder besser eine Eselin. Die lebte vor etwas mehr als zweitausend Jahren in einem kleinen Dorf in der Nähe von Betlehem. Die Eselin hiess Aboda – mit langem A hinten. Aboda – werdet ihr nun vielleicht sagen – was für ein komischer Name. Ja, für unsere Ohren durchaus. Nicht so für die Ohren unserer Eselin und für ihren Besitzer. Aboda heisst auf Hebräisch nichts anderes als Arbeit. Und das war sie – unsere Eselin – eine Arbeiterin oder genauer: eine Arbeitseselin. Tag für Tag, von früh bis spät, trug sie Lasten mal dahin, mal dorthin. Abends gab's den Lohn dafür: ein Häuflein Heu und, wenn's hoch kam, eine Rübe. Nicht, dass sich unsere Eselin deswegen beschwert hätte! Ihr Besitzer behandelte sie ordentlich. Manchmal nahm er sich sogar Zeit, ihr das Fell zu striegeln. Welche Wohltat! Und wenn er ihr dann noch den Kopf kraulte, war sie schon fast im siebten Himmel.

Doch dann verstarb ihr Besitzer ganz plötzlich. Unsere Eselin wurde verkauft. Sie kam zu einem Bauer, der schon einige Esel hatte. Kennt ihr das, wenn man irgendwo dazukommt und irgendwie so gar nicht willkommen ist? Genau so war's bei Aboda: Mit einem Mal stand sie in einem fremden Stall mitten unter fremden Eseln. Und die waren – das könnt ihr euch sicher gut vorstellen – alles andere als erfreut, dass sie ihr Fressen mit einer mehr teilen sollten!

Was dann kam, das wünscht man weder Mensch noch Tier: Aboda wurde in die hinterste Ecke des Stalls gedrängt und von den anderen wie Luft behandelt – so als gäbe es sie gar nicht. Aboda verstand die Welt nicht mehr. Was hatte sie den anderen Eseln denn getan? Warum machten sie ihr das Leben so schwer? Aboda war unglücklich und traurig. Je trauriger sie wurde, desto mehr wuchs in ihr der Wunsch, dem Elend zu entfliehen.

Eines Tages hielt sie es nicht mehr aus. Wieder einmal hatten die anderen ihr den Weg zur Futterkrippe verwehrt; sie mit ihren grossen Eselsköpfen und Eselshintern unsanft abgedrängt. «Genug ist genug», dachte Aboda und nutzte die Gunst der Stunde, sprich: die offene Stalltür.

Doch was nun? Aboda wusste nur eins: Wo immer sie ihr Weg hinführen würde, es konnte nur besser werden. Und so machte sie sich auf die Suche nach einer neuen Bleibe und einem neuen Meister. Sie lief und lief ... bis sie vor einem grossen Stall stand. «Wer mag da zu Hause sein?», fragte sich Aboda und guckte neugierig zur Stalltür hinein. Was sie sah, verschlug ihr fast den Atem: Da standen Pferde – eines schöner und edler als das andere. Aber was heisst da standen? Sie standen nicht, wie waren auf Stroh gebettet. Aboda staunte.

Kurzerhand huschte sie zur Tür hinein und stellte sich neben eines dieser wunderschönen Tiere. So klein wie sie war – dachte sie sich – würde ihr grosser Nachbar sie eh nicht bemerken. Doch falsch gedacht: Kaum hatte sie sich über das erste Büschelchen Stroh hergemacht, tönte es von oben herab: «Geht's noch? Das ist meins! Und überhaupt: Wer bist du, und was machst du hier?»

Verlegen scharrte Aboda im Stroh: «Verzeih, ich wollte nicht stören. Ich brauche nicht viel. Nur grad ein wenig Platz und ein klein wenig Stroh. Und da du ja von beidem mehr als genug hast, dachte ich mir ...» Aboda hatte den Satz noch nicht beendet, da wieherte ihr der schwarze, schöne Hengst ins Wort: «Auf gar keinen Fall! Weder das eine noch das andere kannst du haben. Das hier ist nicht irgendein Stall. Das ist das königliche Gestüt. Wir sind Pferde des Königs. Wer hier steht, hat einen lückenlosen Stammbaum. Da passt so etwas wie du nicht rein. Drum verschwinde – aber schleunigst!» Sagte es und schüttelte angewidert seine königlich schwarze Mähne.

Aboda wusste nicht, wie ihr geschah. Schon wieder war sie unerwünscht und alles andere als willkommen. Enttäuscht und traurig schlich sie aus dem Stall und trat in die Nacht hinaus. Es war so dunkel, dass sie kaum den Huf vor den Augen sah. «Was bin ich bloss für ein Esel? Fehlt nur noch, dass ich mir im Dunkeln ein Bein breche», dachte sie. In dem Moment ging ein Stern auf. Und was für einer! Er erhellte den weiten, dunklen Nachthimmel und zog hinter sich einen Schweif her wie eine Schleppe. Der Stern kam ganz in der Nähe über einem Stall zum Stehen. «Was hat das zu bedeuten?», fragte sich Aboda und beschloss, der Sache auf den Grund zu gehen.

Hungrig und mit kalten Hufen stand sie schliesslich wieder vor einer Stalltür. Von drinnen drangen leise Stimmen durch einen Türspalt nach draussen. «Soll ich es noch einmal wagen? Was, wenn ich wieder nicht erwünscht bin? Was, wenn man mich wieder zum Teufel jagt?» Aboda fasste sich ein Herz und stiess vorsichtig die Tür auf.

Im Stall waren eine Frau und ein Mann und in einer Futterkrippe ein neugeborenes Kind. «Seht nur, wer uns da besucht», sagte die Frau freudig. Worauf der Mann nicht minder freundlich ergänzte: «Komm nur herein, Eselein, sei uns willkommen!» Und als ob diese Worte nicht genug Einladung gewesen wären, reckte das Kindlein seine kleinen Ärmlein in die Luft, wie wenn auch es das Eselein willkommen heissen wollte.

Aboda wusste nicht, wie ihr geschah. Da freuten sich doch tatsächlich gleich drei Menschen über ihr Erscheinen! Sie konnte ihr Glück kaum fassen. Vorsichtig trat sie ein und näherte sich der Krippe, in der das Kindlein lag. Und dort – inmitten des Geschehens und ganz nahe beim Kind – wurde es ihr ganz warm um die Hufe und im Herzen: Hatte sie endlich gefunden, wonach sie so lange gesucht hatte? Einen Ort, wo sie willkommen war? Ein Plätzchen, wo sie bleiben konnte? Einen Ort, wo sie sein durfte, so wie sie war?

Ihr wisst die Antwort darauf bestimmt – nicht wahr? Unsere Aboda fand bei der heiligen Familie einen Platz und in dem Kind ihren späteren Herrn und Meister. Auf diese Weise erfüllte sich auch ein Vers, der im Buch des Propheten Jesaja steht: «Noch immer hat ein Ochse seinen Besitzer gekannt und ein Esel die Krippe seines Herrn.» (Jesaja 1,3)

Eben drum findet sich bei so mancher Krippe neben dem Ochsen auch ein Esel oder eben eine Eselin. Sie erinnern daran, dass wir alle ein Plätzchen brauchen. Einen Ort, wo wir willkommen sind und wo wir sein dürfen – so wie wir sind. Den zu finden, ist nicht immer so einfach. Aber es lohnt sich, danach zu suchen und dabei eines nicht zu vergessen: Bei Gott haben wir alle einen Platz.

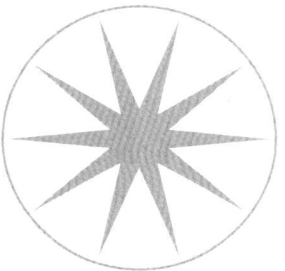

Eine kleine, weihnachtliche Revolution

Monika Mansour

Die Weihnachtsbeleuchtung blieb dieses Jahr unangetastet im Keller. Patrick hätte nachfragen müssen, aber er schob die Weigerung seiner Frau, das Haus zu schmücken, der fragwürdigen Strommangellage zu. Auch die Krippe mit den Figuren hatte es nicht aus dem Keller geschafft. Ein weiteres Warnsignal, das er ignorierte. Doch ansonsten herrschte an diesem Samstagmorgen Anfang Dezember noch Alltagsnormalität: Während Patrick im Hobbyraum an seinem Flugzeugmodell bastelte, putzte Linda die Fenster und saugte die Fussböden über ihm. Irgendwann aber platzte Tim, ihr neunzehnjähriger Sohn, rein, mit zerzaustem Haar und aufgerissenen Augen. Mum habe kein Frühstück gemacht, weil kein Brot mehr im Haus sei, klagte er.

«Das muss ein Missverständnis sein», dachte Patrick. Brotmangellage in der Familie gab es noch nie. Er ging in die Küche. Linda war nirgends zu sehen. Ein Blick auf die Uhr verriet ihm, dass es kurz vor Mittag war. Sein Magen knurrte. Der

Herd blieb kalt. War sie etwa einkaufen gegangen? Eigentlich erledigte Linda den Wochenendeinkauf stets frühmorgens, bevor er aufwachte. Ein Blick in die Garage bestätigte seine Vermutung: Der Wagen war nicht mehr da.

Patrick nutzte den Moment, um das Weihnachtsgeschenk für seine Frau stilvoll zu verpacken. Er hatte es frühzeitig besorgt – eine brandneue Küchenmaschine, die sich gut verborgen unter einer Plane in der Garage befand. Es war ein Versteck, das er seit vielen Jahren benutzte. Letztes Jahr hatte sie sich sehr über den Hightech-Staubsauger gefreut, und dieses Jahr würde sie sich sicherlich über dieses Juwel für die Küche ebenso freuen.

Linda kehrte mehrere Stunden später, beladen mit zwei Papiertüten voller Lebensmittel, nach Hause zurück. Patrick, der sich hungrig auf dem Sofa niedergelassen hatte, staunte nicht schlecht, als sie eine Buddha-Figur in die Ecke des Wohnzimmers stellte, an jener Stelle, an der normalerweise der Christbaum aufgestellt wurde. «Was soll das Ding in unserer Stube?», fragte Patrick entsetzt, weil der gut genährte Buddha ihn höhnisch anzugrinsen schien.

«Ich fand ihn niedlich», sagte Linda. «Dieses Jahr will ich keinen Weihnachtsbaum. Der Buddha bringt Abwechslung.» Sie strahlte den Kerl derart verzückt an, dass in Patrick bisher unbekannte Eifersucht aufkeimte.

«Wo warst du so lange?», fragte er deshalb mit einem leichten Anflug von Misstrauen.

«Im Fitnesscenter. Ich habe ein Jahresabo gelöst.»

«Was hast du?»

Tim kam ins Wohnzimmer. «Mum, ich verhungere.»

«Mach dir ein Sandwich», sagte sie mit einer Entschlossenheit, die sie selbst überraschte, und ging ins Badezimmer, wo sie sich ein heisses Bad einlaufen liess. Die Vorweihnachtszeit schien ihr plötzlich perfekt für eine kleine Rebellion. Sie wusste selbst nicht genau, woher plötzlich dieser Drang nach Veränderung kam, er war einfach da. Ihre Familie sollte sie nicht nur als nützliche Arbeitskraft ansehen, die unentgeltlich ihren Dienst erledigte, schliesslich arbeitete Linda zusätzlich auch noch halbtags im Büro.

Das gemeinsame Mittagessen am zweiten Advent mit den Schwiegereltern endete im Streit. Erst hatte sich Linda geweigert, am Morgen mit zum Gottesdienst in die Lukaskirche in Luzern zu gehen, und zum Mittagessen dann servierte sie bloss eine kalte Platte, gefolgt von einer zu süssen und zu klebrigen Baklava statt der Weihnachtsguetzli, die sie dieses Jahr gar nicht erst gebacken hatte. Patrick wagte es nicht, den fehlenden Adventskranz zu erwähnen. Die verpasste Predigt in der Kirche wurde beim Kaffee durch eine Strafpredigt des Schwiegervaters ersetzt. Linda wurde an die Pflichten und Verantwortung einer Mutter und Ehefrau erinnert. Der strafende Blick der Schwiegermutter wegen der zerknitterten Hemden von Sohn und Enkel sprach ebenfalls Bände. Linda verschwand wortlos im Schlafzimmer und legte sich ins Bett. Unterdessen wurde im Wohnzimmer eine erschütterte Unterhaltung geführt, in der ernsthaft ein Termin beim Psychologen in Erwägung gezogen wurde.

Die kommenden Tage waren wunderbar. Linda sah keinen Grund, weshalb sie einen Psychologen aufsuchen sollte – sie fühlte sich ausgezeichnet. Sie verbrachte ihre gewonnene Freizeit damit, nach der Arbeit am Morgen im Büro ins Fitnesscenter und abends ins Kino zu gehen.

Weihnachten nahte und sie stellte die Sinnhaftigkeit von Weihnachtsgeschenken infrage, also beschloss sie, keine zu besorgen. Sie hatte es satt zu Weihnachten ein Haushaltsgerät als Geschenk zu erhalten. Eine Küchenmaschine diesmal? Natürlich kannte sie Patricks Versteck, seit Jahren schon, denn sie musste sich jeweils mental auf das Geschenk einstellen, um Freude vorzuspielen. Ein schwieriger Akt.

Am dritten Advent kamen die Schwiegereltern nach dem Gottesdienst nur kurz vorbei, sahen das Chaos im Haus und machten rechtsum kehrt, im Schlepptau ihren überforderten Sohn und den amüsierten Enkel.

Linda blieb mit dem Buddha allein im grossen Haus zurück. Das war also der Preis, den sie zahlen musste, wenn sie nicht mehr einfach nur brav der Familie diente, der Gesellschaft nützte.

Ihre erste Nacht war von Glück erfüllt. Sie hatte die Freiheit, zu atmen. Aber die zweite Nacht brachte keinen Schlaf. Und in der dritten Nacht, kurz vor Heiligabend, flossen die Tränen. Ihre Hausfrauenrevolution forderte einen hohen Preis, doch sie war nicht bereit, zu ihrem alten Leben zurückzukehren.

Am vierundzwanzigsten Dezember um sieben Uhr morgens wurde sie unsanft aus dem Schlaf gerissen. Patrick stürmte lärmend ins Zimmer und liess einen Koffer auf das Bett fallen.

Sie genoss die wärmende Abendbrise, das Rauschen der Wellen und den Sand unter ihren Zehen. Ihr leichtes Sommerkleid flatterte im Wind. Patrick hielt ihre Hand fest in seiner.

«Wohin bringst du mich?», fragte Linda.

«An den Ort, an den wir an Weihnachten immer hingehen: zum Gottesdienst.»

«Du hast auf der Insel eine Kirche gefunden?»

«Selbstverständlich gibt es Christen in der Karibik, auch andere Religionen und vergiss nicht den Voodoo, aber der macht mir Angst.»

Genau so hatte Linda sich das Leben vorgestellt: abwechslungsreich, exotisch, überraschend, einfach einmal anders. Zwei Wochen Karibik war das beste Weihnachtsgeschenk, das sie von ihrem Mann je erhalten hatte. Endlich hatte er es verstanden. Ihre Revolution hatte gefruchtet und brachte Fortschritt.

Er grinste. «Wie wäre es, wenn wir dann nächstes Jahr wieder in Luzern zum Weihnachtsgottesdienst und Abendmahl gingen? Bist du damit einverstanden? Und wäre es möglich, dass wir wieder die klassische Weihnachtsdekoration zu Hause haben? Einen Christbaum und Zimtsterne zum Kaffee, bitte, ich helfe dir auch bei allem. Die Baklava war schrecklich.»

Linda lächelte heimlich. Sie konnte ihren Patrick verstehen. Man musste nicht allen Traditionen den Rücken kehren, um Fortschritte zu erzielen. «In Ordnung. Aber der Buddha bleibt.» Eine kleine, aber deutliche Warnung.

Patrick nickte. «Wenn er dir gefällt.»

Linda blickte in die Palmenwipfel hinauf und dankte Gott, dass sie nie mehr ein Haushaltsgerät als Weihnachtsgeschenk bekommen würde, sonst hätte sie sich gezwungen gefühlt, nächsten Dezember Voodoo-Puppen in den Garten zu stellen und sich Rastalocken beim Coiffeur machen zu lassen.

«Da, eine Sternschnuppe», rief Patrick und nahm Linda in den Arm. Er hatte erkannt, dass seine Frau diese Ferien mehr als verdient hatte. Und die Küchenmaschine? Die konnte er ihr im Januar schenken, einfach so, als Dankeschön, bei einem Abendessen, das er höchstpersönlich mit Hilfe der Küchenmaschine zubereiten und auf den Tisch zaubern würde.

Neles Engel

Anne Burgmer, Offene Kirche Basel

Neles Engel – der erste, vielleicht einzige, dem sie bewusst begegnete – sagte nicht «Fürchte dich nicht!», wie Engel es normalerweise machen. Streng genommen sagte er sowieso nichts, sondern fragte etwas. «Kannst du mich mal in der Arm nehmen?», fragte er.

Nele kannte den Engel schon länger. Er hiess Urs. Die Treffen mit ihm rochen meist nach überlang gekochtem Laucheintopf, ungewaschenen Körpern, dreckstarrender Kleidung, Alkoholatem und Zigarettenrauch.

Nun also: Es ist Januar. Es ist Nacht. Es ist kalt – unter Null Grad Celsius und deshalb hat das Kellerlokal geöffnet, in dem Randständige ohne Obdach zwischen zehn Uhr abends und sechs Uhr morgens Zuflucht finden können. Damit sie nicht auf der Strasse erfrieren. Ein paar Treppenstufen runter geht es, dann steht man in einem Raum. Der linken Wand entlang steht der Tresen, der im hinteren Bereich in eine Essensausgabe mündet. Rechteckige Wärmebehälter mit oft undefinierbaren, zu lang gekochten Eintöpfen. Hinter dem Tresen Regale und Schränke, darin Geschirr, was so nötig ist. Geradeaus, am Tresen vorbei, gelangt man an der gegenüberliegenden Wand durch eine Tür zu den Toiletten. Zu einer Dusche. Im rechten Teil des langen Raumes stehen an den Wänden Holzbänke, davor Tische mit Stühlen. Je zwei ehrenamtlich Tätige, oft Student:innen, kümmern sich um die Anwesenden. Teilen Essen aus und Wasser, sorgen für Ruhe und Ordnung, schlichten Streit, setzen notfalls jemanden vor die Tür oder rufen die Nachtwache aus dem benachbarten Hauptgebäude und im schlimmsten Fall die Polizei. Passiert selten. Doch der Ton an diesem Ort ist rau wie der Asphalt, auf dem die Obdachlosen leben.

Es wird geredet, gegessen, geraucht und geschwiegen. Kaffee getrunken. Geschirr klappert und Besteck. Dann wird aufgeräumt, geputzt, abgewaschen und die Gäste bereiten sich auf die Nacht vor. Manche schlafen, andere unterhalten sich, einige lesen. Hin und wieder kommt noch jemand spät, isst und fügt sich reibungslos ein in alles. Es wird stiller im Raum. Manchmal wird gespielt – Uno, Jassen, Eile mit Weile. Mit rast- und ruhelosen Besuchern. Mit denen, die nicht schlafen können. Deren Kopf dreht. Es wird viel gelacht beim Spielen, möglichst leise, damit niemand gestört wird. Gelacht wird zum Beispiel, als die zahme Ratte einer jungen Frau quer über das Spielbrett trippelt und dabei alle Spielsteine umwirft – offensichtlich hat das Tier die Regeln missverstanden. Sie sitzt mitten in den farbigen Figuren, schaut mit ihren schwarzen Knopfaugen in die Runde und putzt ihre Vorderpfoten.

Putzig ist sie. Gepflegter als ihre Besitzerin. Die hebt ihr schwarz-weiss geflecktes Tierchen vom Spielbrett, kümmert sich liebevoll um sie, überlässt das Aufräumen Nele. Die Partie Eile mit Weile ist beendet, das ist ok. Die Aufmerksamkeitsspanne der Menschen hier ist oft kurz. Mittlerweile ist es im Raum ruhig. Der unbestimmbare Rhythmus verschiedener Atemzüge erfüllt die Luft, hier und da schnarcht jemand. Es beginnt der Teil der Nacht, der hartes Brot ist für die Freiwilligen. Es gilt, wach zu bleiben, trotz Müdigkeit und der wohligen Wärme und dem Geruch, den alle irgendwann kaum mehr als störend, sondern als situationsbedingt annehmen.

Die Kollegin, die mit Nele Dienst hat, fragt, ob es o. k. sei, wenn sie ein bisschen schlafe. Sie hat einen harten Tag hinter sich. «Klar geht das in Ordnung», sagt Nele. «Weck mich einfach, wenn was ist», sagt die Kollegin.

Nele hat den Eindruck, dass es ungewöhnlich still ist in dieser Nacht. Sie wird selbst schläfrig und fühlt sich wie eine Hirtin, die eine etwas seltsame Herde bewacht. Es ist still und es bleibt still, auch als Urs verspätet in das Kellerlokal kommt. Leise tritt er ein, weil er um den Schlaf der Anwesenden weiss, leise auch, weil er grundsätzlich einer von der stillen Sorte ist. Gross, hager, strubbelige dunkle, von wenig grau durchzogene Haare, ein ebenso strubbeliger Bart. Vielleicht ist er schon älter als fünfzig, vielleicht auch nicht. Gesichter altern schneller, wenn das Leben hart ist. Urs gehört zu denen, die sich ihre Würde wahren und sich aktiv pflegen. Es ist kaum möglich, ihm im sozial-karitativen und deshalb preisgünstigen Café einige Strassen weiter, einen Kaffee oder Tee zu spendieren. Eher zahlt er: «Bist Studentin, hast doch selber nichts!», ist dann sein Kommentar. Er weiss viel, macht sich Gedanken, wird deutlich, wenn es nötig ist. Er erzählt kaum von sich – zumindest Nele nicht.

Urs kommt also, stellt sich an den Tresen, guckt Nele an, grüsst und versinkt in Schweigen, den Blick nach innen gerichtet. «Willst du etwas essen?» – «Nein.» – Schweigen. Langes Schweigen. «Irgendwas ist mit ihm», denkt Nele. Doch ihn drängeln führt zu nichts. Er erzählt, wenn er will. Wenn er so weit ist. Vielleicht nie.

Nele wischt die Holztheke ab, trocknet mit einem Tuch der nassen Putzlumpenspur hinterher. Räumt ein bisschen auf. Ist da.

«Hast du Zeit?», fragt Urs plötzlich. Nele steht an der Schmalseite des Tresens, Urs schräg rechts neben ihr. Sie schaut ihn an. Er schluckt, zögert und sagt dann: «Ich weiss, ich erzähl nicht viel von mir. Ist mein Kram, geht niemanden was an. Aber heute … heute ist die Einsamkeit einfach zu gross.» Pause. Schweigen. Ein Blick zu Nele. Dann diese Frage: «Kannst du mich mal in den Arm nehmen?»

Keine Sekunde zögert sie. Sein Wunsch ist so gross und wichtig, dass es sich ihr verbietet, etwas anderes zu machen, als ihn in den Arm zu nehmen. «Wer weiss denn schon, wann er überhaupt das letzte Mal umarmt wurde», schiesst es Nele durch den Kopf. Und dann ein zweiter Gedanke: «Weihnachten! Es ist zwar Januar, aber jetzt erst ist Weihnachten. Und Urs ist der Engel.»

Gabriel

Frank Lorenz, Offene Kirche Basel

1

Die Luft flimmerte über der Steppe, und der Wind, der von den Galil-Hügeln in die Ebene wehte, brachte nur wenig Kühlung. Gabriel bedeckte seinen Cherubskörper mit den sechs Flügeln, schloss die Augen und verwandelte seine Gestalt in jene der Menschen. Er hatte eine Botschaft zu überbringen.

Adonaj, der Ewige, Gott, liebte diese Wesen auf dem blauen Planeten. Nach Jahrtausenden der Umformung erkannten sie sich selber im Spiegelbild eines Flusses. Sowie auch ihre Sterblichkeit. Sie begruben die Toten. Gaben ihnen Waffen und Nahrung mit auf den Weg, wenigstens zu Beginn, auf den Weg in eine andere Welt. Kein anderes Wesen auf diesem Planeten tat dies.

Und da sie sich und ihr Handeln betrachten konnten, stellten sie die Frage nach dem Richtigen und dem Falschen, gaben sich Gesetze, an die sie sich hielten oder auch nicht. Ihre wichtigsten Gebote waren für sie göttlichen Ursprungs, sie kamen von IHM, dem Allvater, den sie den König der Welt nannten. Fortan begruben sie die Toten ohne Waffen. Nur in seinem Namen.

In ihren besten Gedanken, Gedichten und Gebeten erahnten sie die unfassbare Liebe von Adonaj. Sie stillte ihren Schmerz, schloss ihre Wunden, verband ihr Leben, schirmte sie vor Schmerzen, verband sie mit dem grossen Ganzen. Durch Adonaj verwuchsen sie mit der Ewigkeit, die um sie bereits unsichtbar war.

Gabriel war der Bote. Adonaj hatte ihn geschickt, den uralten Cherub. Und wenn die Menschen ihn hörten und danach von ihm erzählten, taumelten sie in Vergleichen, um das Unsagbare begreifbar zu machen: wie ein Sandkorn in der Wüste, wie ein Stern am Firmament.

Doch heute ist seine Botschaft einfach und klar. Und dennoch wird die junge Frau, der er sie bringt, kaum erahnen können, dass mit ihm und dieser Botschaft die Umkehr aller Gewissheiten beginnt. All die Bilder, die sie von IHM gemacht haben, werden hinweggefegt: ER wird einer wie sie, ein Mensch!

2

Gabriel konnte hören, wenn ein Ameisenfuss eine Tannennadel berührte. Wenn ein Wassertropfen von tausendblättrigen Büschen fiel und ein Sterbender den letzten Atem tat. Er hörte die Sphärenmusik der Sterne, den Klang aller Welten und zugleich den Gesang der Wale.

Am Anfang, als Adonaj aus der Finsternis das Licht schleuderte und Energie in Sterne verwandelte, da verwandelte er auch Sternenstaub in belebte Wesen. Doch an jenem Anfang war es auch, als ein Bruder Gabriels, Luzifer, sich abwandte. Er lehnte sich auf gegen die Herrschaft des Lichts und ging zurück in die Dunkelheit. Er sehnte sich nach dem Nichts, konnte die milliardenfachen Formen des Lebens mit ihrem Werden und Vergehen nicht ertragen. Er nahm Anstoss, und er fiel.

Gabriel hingegen hörte und sah alles, was entsteht, auflebt und dann vergeht: einzelne Wesen, aber auch ihre Art und ihre Welt. Denn nichts ist von Dauer, nur ER.

Wie Gabriel hatte auch Luzifer keine Erinnerung an das, was davor gewesen war. Gabriel hatte mit den anderen Erzengeln Luzifer in die Finsternis gestossen, ins Nicht-Sein, das mit dem Sein seither ein vorläufiges Gleichgewicht teilt. Gabriels Aufgabe ist es, das Sein mit dem Geist des Ewigen zu verbinden. Also machte er sich auf den Weg zu jenem Dorf.

Er betrat die Hütte des Mädchens, umhüllte sich mit Licht. Als er die Seele der jungen Frau berührte, wurden Augenblick und Ewigkeit eins: «Schalom, Mariam», flüsterte er. «Frucht ist in dir, Wunderrat werde, Friedefürst genannt! Die Geistkraft ruach komme zu dir, und die Kraft Adonajs sei ein Schutzschatten über dir! Es wird in dir ein Sohn Adonajs!»

Adonaj hatte es so gerichtet, dass nach der Vereinigung zweier Wesen ein neues entstehen konnte. Er gab ihnen die Lust und mit ihr die Sterblichkeit, ein Wiederkehren von Vereinigung, Geburt, Leben, Sterben und neuem Leben.

Danach entschwand Gabriel aus der Hütte. Er tauschte die Nähe Mariams wieder mit dem Raum aller Himmel und dem Wissen, dass der von ihm Angekündigte – im Wimpernschlag zwischen Krippe und Kreuz – Adonaj so nahekommen wird wie keiner sonst.

Der Angekündigte würde von all dem berichten wie die Prophetinnen und die Psalmen und würde Adonaj aufscheinen lassen im Inneren der Menschen, in ihren Gedanken und Herzen und manchmal auch im Äusseren, durch ihre Worte und Taten.

3

Neun Mal hatte der Mond den blauen Planeten umkreist, für Gabriel nur wenige Flügelschläge. Dunkelheit hatte das Licht des Erdentages abgelöst, die Vögel waren verstummt.

In der Nähe des Dorfes lagen Hirten in ihre Decken gehüllt um ein Feuer, das den Frierenden ein wenig Licht und Wärme spendete. Gabriel sah, wie sich hinter ihren geschlossenen Lidern die Augen bewegten. Nun antworteten ihre Seelen auf das, was sie im wachen Leben erfahren hatten. Auch dieses Seelenreich betrat Gabriel immer wieder: Was die Menschen am Tag wussten oder vergessen hatten, ahnten sie in der Nacht in Bildern und Geschichten, denen ihre geschlossenen Augen nun nachjagten.

In dieser Nacht aber sollten sie die Augen öffnen und Adonajs Glanz würde sich in ihnen spiegeln wie der Glanz des ersten Tages der Allschöpfung.

Furcht war der ständige Begleiter der Hirten. Und aller Menschen. Sie fürchteten sich vor dem Leiden, dem Schmerz, dem Tod. Heute aber brachte Gabriel ihnen die Botschaft der Zuversicht und des Vertrauens, geboren durch Schmerz wie bei der Geburt, die er ihnen verkünden würde.

«Fürchtet euch nicht! Euch wird ein Kind, ein Sohn Adonajs! Lauft und schaut! Schalom und Liebe wird euch und allen Menschen! Fülle von ihm für alle, Himmel für euch Menschen auf eurer Erde.»

Er hatte die Botschaft Adonajs überbracht, war im Nachthimmel entschwunden und kitzelte mit einer Flügelspitze im Vorbeiflug einen Himmelskörper, der mit seiner Flugbahn den Hirten den Weg leuchten sollte.

4

Zweiundreissig Mal hatte der blaue Planet seine Sonne seither umkreist, als ein Schrei den Kosmos erzittern liess. Der mit Schmerzen geboren war, endete in Qual und Verzweiflung.

Gabriel sah, wie sich die Mutter unter dem Kreuz in Schmerz und Leid krümmte. Er sah, wie Mariam später erschrocken vor dem leeren Grab stehen sollte; die Männer hatten sich davon gemacht.

Jahrhunderte später würden einige Weise behaupten, jener am Kreuz sei für ihre Sünden gestorben und die seien nun durch seinen Tod vergeben. Aber es war anders. Er war wegen ihrer Sünden und durch ihre Schuld gestorben. Was Sünde und Schuld war und ist, hatte er klar benannt. Die, die sie taten, hatte er geliebt: Noch als er starb, verhiess er ihnen die Ewigkeit. Ach, hätten sie ihm doch zugehört, wenn er davon erzählte, wie das Reich der Himmel auf die Erde kommt.

Nein, hier wurde Gabriel nicht mehr gebraucht. Denn der am Kreuz würde sich ihnen zeigen als Lebendiger, der den Tod überwunden hatte. Und viele Leidende und Sterbende, Lebendige und Kämpfende, Hoffende und Liebende würden ihm folgen.

Ein letztes Mal schlug Gabriel die Augen nieder, verbeugte sich vor dem blauen Planeten und faltete seine Flügel, die hinter ihm emporwuchsen wie eine weisse Zypresse. Und bald durchschwamm er wieder die Stille zwischen den Sternen und Galaxien. Nun ist jener am Kreuz also eingegangen in Adonaj, wie Adonaj einst in ihn und in Mariam.

Adonaj war das verborgene Herz des Kosmos, dem Gabriel schon seit Beginn der Zeiten diente. Ein Geheimnis, vor dem er ehrfürchtig verstummte und in dem er doch Heimat und Trost fand. Deshalb war er zwar alleine, aber nie einsam.

Adonaj brachte Licht und Leben in den Kosmos, der mit seinen Urgewalten manchmal so gleichgültig gegenüber seinen Geschöpfen schien. Welten entstehen und vergehen wieder, wie auch die blaue Welt vergehen wird. Doch nichts in all den Myriaden Welten geht je verloren, es verändert sich nur. Vielleicht, so hoffte Gabriel, lag für die Menschen darin ein gewisser Trost, sollten sie dies eines Tages erkennen.

Sterne weiten sich aus, bevor sie verglühen, oder werden angezogen und verschwinden in den dunkelsten Orten des Universums, wo es keinen Raum und keine Zeit mehr gibt, von wo aus kein Lichtstrahl je nach aussen dringt.

Bist du auch dort, Adonaj? Und du, mein dunkler Bruder Luzifer, tanzt ER mit dir in der Dunkelheit?

Tante Anna und ihre Neffen

Martina Rutschmann

Sie dachten, ihre Tante sei tot. Bis die Cousins Stefano und Alberto einen Anruf aus Basel erhielten – und ihren Ohren nicht trauten. Es war der Beginn eines wahren Märchens.

«Non vi riconosco proprio», sagt Anna Vallese mit dünner Stimme und erhebt sich aus ihrem Sessel. Die beiden Männer, die sie, wie sie sagt, nicht wiedererkennt, betraten soeben das Zimmer der 88-Jährigen im Pflegeheim Falkenstein. «Eh, abbiamo tutte due la barba», witzelt der eine, wir haben beide einen Bart, kein Wunder erkennst du uns nicht. Er legt den riesengrossen Blumenstrauss auf den Tisch. Und nun stehen sie da, alle drei, geben sich zuerst die Hand, um sich eine Sekunde später innig zu umarmen. Ein kurzer Blick in die Augen, die Frage: Ist das wirklich wahr? Und die nächste Umarmung. Es ist ein Moment, wie wir ihn aus TV-Shows kennen. Eine Familie trifft sich nach Jahrzehnten wieder. Der 61-jährige Stefano und sein 50-jähriger Cousin Alberto Stival hatten bis vor wenigen Tagen geglaubt, ihre Tante Anna sei längst gestorben. Und plötzlich erfahren sie: Nein, sie lebt!

Als ich Stefano Stival anrief, war er zunächst sprachlos. «Das glaube ich ja nicht», sagte er immer wieder. «Tante Anna lebt!» Ich hatte Anna Vallese für das Buch «Ohne Milch und Zucker – Lebensgeschichten aus dem BSB» porträtiert. Sie erzählte mir von ihrem Leben in Libyen, wohin ihre Familie Mitte der 30er-Jahre auswanderte. Sie erzählte vom Krieg, davon, dass Mussolinis Militär ihren Vater und zahlreiche andere Italiener zu Soldaten in der libyschen Kolonie erklärt hatte. Sie erzählte, dass dieser 1948 starb und die Mutter mit ihren zehn Kindern von einem Tag auf den anderen auf sich allein gestellt war. Mit 19 Jahren musste Anna zurück nach Italien, Arbeit suchen, Geld verdienen für die Familie. Später heiratete sie einen italienischen Gastarbeiter, der bereits in der Schweiz lebte, und wanderte nach Basel aus. Sie erzählte, dass sie den Kontakt zu ihren Geschwistern verloren habe, nicht wisse, ob diese überhaupt noch lebten. Sie war nachdenklich, als sie davon sprach, traurig.

Ihr Ehemann Mario starb vor 26 Jahren. Der einzige Kontakt, der ihr blieb, war jener zu Verwandten des Mannes in Italien. Telefonate ab und zu, mehr nicht. Besuch erhält Anna Vallese kaum. Viele Menschen in der mediterranen Abteilung des Heims sprechen zwar ihre Sprache, sie ersetzen jedoch nicht, was eine Familie ausmachen kann. Trotzdem hat Anna Vallese nie versucht, die Geschwister oder allfällige Nichten und Neffen ausfindig zu machen. «Ich wüsste gar nicht, wo ich nach ihnen suchen sollte», sagte sie im Interview. Für mich war klar: Sobald das Buch erschienen ist, mache ich mich auf die Suche. Frau Vallese informierte ich nicht über mein Vorhaben. Ich wollte sie nicht enttäuschen, sollte ich scheitern.

Als das Buch im Oktober erschien, hatte ich als Anhaltspunkt Anna Valleses ledigen Namen und den Hinweis, dass einer oder mehrere Brüder in den 60er-Jahren in der Region Bern ausgewandert waren. Stival und Bern. Auf einer Website fand ich einen Stefano Stival. Ein Mann im Arbeitsleben, zu jung, um ein Bruder zu sein – aber vielleicht ein Neffe? Volltreffer.

Nach den ersten Umarmungen bittet Anna Vallese ihre Neffen, sich zu ihr aufs Bett zu setzen. Sie hält die Hände der Männer, die sie eigentlich gar nicht kennt. An Stefano kann sie sich zwar erinnern, sie sah ihn, als er ein Bub war. Als junger Mann besuchte er sie einmal in Basel. Doch das ist lange her. «Mein Vater drückte mir damals einen Zettel mit ihrer Adresse in die Hand, da er wusste, dass ich beruflich nach Basel musste. Ich ging bei dem Haus vorbei und traf Tante Anna kurz», erzählt Stefano. Alberto, der jüngere von beiden, meint, seine Tante einmal getroffen zu haben, als er noch ganz klein war. Sie kann sich nicht erinnern.

Die Familie verlor sich aus den Augen, bloss die Väter der Cousins hielten Kontakt. Der eine lebte bei Bern, der andere im Tessin. Die Söhne wohnen immer noch dort. Ihre Väter gingen im Pensionsalter zurück nach Italien. Dort starb Stefanos Vater vor einem Jahr mit 98 Jahren. «Wie gern er seine Schwester noch gesehen hätte», sagt Stefano. Vor nicht allzu langer Zeit habe der Vater ihn gebeten, nach ihr zu suchen. Die Suche blieb erfolglos. «Ich kannte nur ihren ledigen Namen, klapperte Pflegeheime ab, fragte bei den Behörden nach, doch die beriefen sich auf den Datenschutz. Sogar bei den Friedhöfen rief ich an – aber: nichts.» Albertos Vater lebt noch, allerdings ist auch er nicht mehr der Jüngste. Er wird die Reise von Italien nach Basel in nächster Zeit kaum auf sich nehmen, um seine Schwester zu sehen.

Es ist bereits nach 19.30 Uhr. Normalerweise ist Anna Vallese um diese Zeit im Bett und schaut fern. Die Mitarbeitenden des Heims hatten sie auf den heutigen Besuch vorbereitet – und sie hat sich entsprechend schön gemacht. Sie wirkt nicht müde, im Gegenteil, ihr Blick ist hellwach. Immer wieder mustert sie ihre Neffen ungläubig und drückt sie an sich. «Ich freue mich so», sagt sie auf Italienisch. «Und wir erst, Zia Anna», erwidern die Neffen.

Tante Anna zeigt ihnen die wenigen Fotos, die sie hat; Bilder ihres verstorbenen Mannes, solche von ihr als Jugendliche. Die Neffen spielen auf dem Handy Videos ihrer Kinder ab. Später führt Anna sie durch ihre Etage, zeigt ihnen die Geranien, die sie hegt und pflegt, die Küche, in der sie dienstags beim Kochen hilft. Sie sprechen über Libyen, Italien, über die zehn Geschwister, von denen nur noch Anna und Albertos Vater leben. Sie sind glücklich, alle drei.

«Anna erinnerte mich stark an meinen Vater, ich musste oft leer schlucken», sagt Stefano am Tag nach dem Besuch. Sein Cousin und er seien überwältigt. Alberto möchte Tante Anna bald mit seiner Familie besuchen. «Es war so schön, sie kennenzulernen. Sie wollte uns kaum gehen lassen», sagt er. Eine Woche nach der Begegnung berichten die beiden, sie hätten bereits mehrfach mit Tante Anna telefoniert und seien dabei, Familienfotos für sie zusammenzustellen. Die neusten sind Selfies von diesem denkwürdigen Abend. Sie erzählen eine Geschichte, die wie ein Märchen klingt – aber wahr ist. Und die erst begonnen hat.

Erstveröffentlichung auf bajour.ch

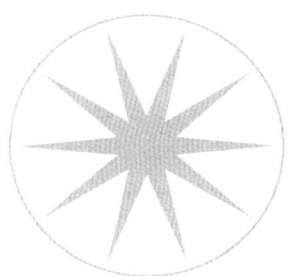

Autorinnen und Autoren

Zürich

Patrick Schwarzenbach, lic. theol., Jahrgang 1984, ist Pfarrer an der Offenen Kirche St. Jakob in Zürich.

Verena Mühlethaler, lic. theol., Jahrgang 1972, ist Pfarrerin an der Offenen Kirche St. Jakob in Zürich.

Seraina Kobler, Jahrgang 1982, studierte Linguistik und Kulturwissenschaften und arbeitete als Journalistin, bevor sie sich als Schriftstellerin und freie Autorin selbstständig machte Sie lebt und arbeitet mit ihrer Familie in Zürich und Lausanne.

Hildegard E. Keller, Prof. Dr. Literaturkritikerin (Bachmannpreis, ORF/3sat; Literaturclub SRF) und multimediale Storytellerin in Hörspiel («Der Ozean im Fingerhut»), Film («Brunngasse 8»), Roman («Was wir scheinen») und Stadttour («Kriminelles Zürich»).

Ralf Schlatter, geboren 1971 in Schaffhausen, lebt als freier Autor und Kabarettist im Duo «schön&gut» in Zürich. Sein aktuelles Buch heisst «Des Reimes willen Henk», ein Roman in Reimen.

Basel

Frank Lorenz, lic. theol., Jahrgang 1964, ist Theologe, Journalist, Betriebswirt und Leiter der Offenen Kirche Elisabethen, Basel.

Anne Burgmer, MTh, Jahrgang 1977, ist Theologin, Seelsorgerin, seit vielen Jahren Alltagspilgerin und Leiterin der Offenen Kirche Elisabethen, Basel.

Martina Rutschmann, Jahrgang 1977, ist Journalistin, Autorin, Moderatorin und Inhaberin der Schrift & Wort GmbH, Basel.

Luzern

Aline Kellenberger, Master of Theology, Jahrgang 1973, ist Pfarrerin an der Citykirche Matthäus, Luzern.

Susanna Klöti, Master of Theology, Jahrgang 1990, ist Pfarrerin und arbeitet im Jugendpfarramt und an der Lukaskirche in Luzern.

Monika Mansour, Jahrgang 1973, ist Schweizer Schriftstellerin.

Zug

Gaby Wiss, Master of Theology, Jahrgang 1962,
ist Leitungsassistentin im Pastoralraum Zug (Walchwil),
Pfarreiseelsorgerin in St. Michael Zug und Mitglied der
Steuergruppe der CityKircheZug.

Roman Ambühl, lic. theol., Jahrgang 1971,
ist Pfarreiseelsorger in St. Johannes Zug und Mitglied
der Steuergruppe der CityKircheZug.

Thomas Hürlimann, Jahrgang 1950, Schriftsteller,
Ehrendoktor der theologischen Fakultät der
Universität Basel.

Bern

Isabelle Schreier, Jahrgang 1988, ist Projektleiterin an der offenen kirche bern und begleitet Projekte im Bereich Diakonie, Spiritualität, Migration und Gesellschaftsrelevantes.

Andreas Nufer, lic. theol., Jahrgang 1964, ist Pfarrer und verantwortlich für die Themen Migration, Sozialpolitik und Spiritualität an der offenen kirche bern.

Antonio Albanello, Jahrgang 1959, ist Klangkünstler und Leiter des Ressorts Kunst und Kultur an der offenen kirche bern.